无敌洋娃娃

典心 作品

典心

中国出版集团
现代出版社

为了赢得猛男心，杨娃娃煞费苦心地准备多年，
从威风凛凛的大姊头，化身为娇嫩嫩的标致美人儿，
可惜落花有意，流水无情，
追夫行动才刚开始就惨遭滑铁卢。
为了挽回劣势，她跟斯文俊秀的凌云结成盟友，
想以“劳动服务”换取心上人的机密资料。
哪里晓得，她竟会彻底看走了眼，
错把狡狯危险的笑面虎，看成无害的软脚虾，
这个外表斯文善良的男人，其实居心叵测、图谋不轨！
不但诱拐她充当贴身保镖，还把她困在蜜月套房里，
说什么要教导她全套的“新娘课程”，
对她这儿亲亲、那儿摸摸，吻得她晕头转向——
呜呜呜，完蛋了啦，
与虎谋皮的她，是不是注定要被他给吞了？！

楔子

光洁的镜面里，倒映出一张清丽的脸儿。

夏季骄阳的炙热被毛玻璃滤尽，洒入室内的，只剩下柔和的金光。一个娇小的年轻女子，正站在那圈阳光之下，专注地望着镜中的影像。

在阳光照拂下，她的肌肤看来细腻如丝，及肩的发丝柔软而乌黑，一双水汪汪的大眼，像是两潭清澈的秋水，任何男人被她凝目一望，都会心甘情愿地沉溺其中。

时间一分一秒地过去，日光悄悄地挪移，她却站在镜子前，像被下了魔咒般，一动也不动。

半晌之后，她深深吸了一口气。

该是让美梦成真的时候了！

她用微微颤抖的双手，拿出随身的化妆包，倒出里头琳琅满目的化妆品，动作纯熟地开始化妆。

柔和的粉红色眼影，让她的眼显得朦胧诱人；淡淡的腮红，衬托出粉嫩的肤色；而水润的唇蜜，让她的唇瓣看来有如最甜、最诱人的果冻，令人忍不住想一亲芳泽。

镜中那张清丽的小脸，因为刻意的装点，添了几分的妩媚。随着化妆步骤的完成，她逐渐镇定下来，小手也不再颤抖。

“好，我得冷静下来。”杨娃娃望着镜子，频频深呼吸，柔软迷人的曲线，在薄丝春衫下起伏。“小妈说过，一切都会很顺利的。”她喃喃自语，努力地自我催眠。

收拾好满桌的化妆品，她又瞥了镜子一眼，确定妆容完美无缺，这才走出洗手间，慢条斯理地回到办公室。

大大小小的纸箱堆在角落里，全都尚未拆封，各种不知用途的线路，在地板上盘绕，几个年轻人正蹲在角落里，咬着螺丝起子，努力跟那堆线路奋战，赶着在老板规定的期限之内，把办公设备装设完毕。

这是一栋商业大楼，每一个楼层，都分租给不同的公司。刚租下这层楼的，是间贩售手工家具的公司，在欧洲经营多年，已是成绩斐然，可说是有口皆碑。

为了进入这间公司，杨娃娃费了不少工夫，才从众多竞争者中脱颖而出。虽然说，在草创时期，工作量繁重得惊人，她却甘之如饴，从来没有喊过一声累。

清澈的眼，悄悄地转向会议室，渴望地盯着那扇门瞧。那是公司的会议室，里头的设备已经大致齐全，公司里最重要的三位股东，首度在新办公室里聚首，正待在里头开会。

她暗恋的那个男人，就在那扇门后头！

想到这里，杨娃娃就腿发软，心也在胸中怦怦地乱跳，粉嫩的脸蛋浮现嫣红，那娇艳的色泽，远比先前抹上的人工色彩更美。

她靠在墙边轻喘，一手抚着胸口，再度做起心理建设。

呼，她必须镇定！她是美丽的、她是柔弱的、她是任何男人一瞧见，就会急着捧握在手心好好呵护的，她、她、她她她——她要去见他了！

角落的咖啡机，发出轻微的声响，指示灯由红转绿，浓郁的香气从内飘出。她取出杯子，倒好三杯咖啡，又拿了一些糖包与奶精，然后鼓起勇气，笔直地走向那扇门。

“经理，我是娃娃。”她礼貌地敲敲门，听到里头的应和后，扭开门把，走了进去——

她先前所做的心理建设，在看见张彻一的瞬间，全化成粉红色的泡沫，噗噗噗地迅速融化。她脸发烫，呼吸困难，漂亮的眼瞪得圆圆的，激动得几乎要掉泪。

眼前的张彻一，比她记忆中更强悍粗野，昔日的俊帅轮廓，历经岁月的洗礼，变得冷硬而粗犷，危险得让女人着迷，简直是她心目中完美男人的典型。

“我早就说过，你的脸色实在太可怕了！”向刚发出轻笑，把她的感动误解成恐惧。

张彻一瞟来一眼，神态冷峻无比，她却觉得心头小鹿乱撞，全身酥软得像要融化在地板上。

“别害怕，他不会咬人的。”向刚微笑保证，食指轻敲桌面。“话说回来，你要是再不进来，那些咖啡可能都要凉了。”

“呃，抱、抱歉——”她红着脸道歉，掩饰自个儿的失态，连忙捧着托盘走到桌边，笨拙地分送咖啡。

会议室内坐着三个男人，身为经理的向刚，她先前就见过了；坐在角落，双腿搁在桌上，仪态粗野的男人，则是她的梦中情人。至于剩下的那一个，大概就是员工们口中的老板，从进门到现在，她连看都没看他一眼。

会议继续进行，男人们低沉的嗓音在室内回荡着，她却一脸痴迷，沉醉地盯着张彻一猛瞧，根本没去注意他们在说些什么，那模样比看见金丝雀的猫更馋。

噢，她终于见到他了！

为了张彻一，她处心积虑地变得美丽、处心积虑地改变自己、处心积虑地考进这家公司。她的所作所为，都是为了要以最美的模样，出现在他眼前，让他彻底惊艳。

如今，她见到他了，美梦即将成真，他们将会——

“那么，就这么决定了。我先回工厂，监督新系列家具的进度。”张彻一丢下结论，会议宣告结束，搁在桌上的厚底靴终于落了地。他站起身来，朝她的方向，一步一步地走来。

啊，老天啊，他走过来了！他会对她说什么？是要夸赞她的美丽，还是询问她的电话号码？或者是开口邀约，请她共进晚餐？

各种瑰丽的幻想，在娃娃脑海中像走马灯般转啊转，而每一个幻想，都以她身穿白纱礼服，跟他共结连理的画面作为结束。她咬着软嫩的唇，迫不及待地迎上前去，咚咚咚地冲到他眼前。

只见张彻一往右，她也跟着往右；张彻一往左，她也跟着往左。只要他稍有动作，她就抢先一步，堵到他面前，两人像老鹰捉小鸡似的，在走道上僵持不下。

张彻一眯起眼睛，薄唇微启——

“我愿意！”她冲动地说，还用力地猛点头。

黑眸一眯，迸出不耐。

“让开。”

“我愿——”咦，他说了什么？

娃娃猛眨眼，怀疑自己听错了。

让开？他说让开？呃，不对啊，他该说的，不是“嫁给我”吗？

“你如果想发呆，就滚到一边去，别碍我的路。”张彻一冷酷地说道，抛下震惊的她，径自朝门口走去。

短短的几分钟之内，她像是从天堂掉进地狱。

呜呜，怎么会这样呢？事情怎么跟她所想的完全不同？她原本以为，自己变得如此美丽后，一切就该水到渠成。张彻一在看见她的第一眼，就会热切疯狂地爱上她，然后跟她求婚，两人会闪电结婚，然后生两个小孩，从此过着幸福快乐的日子——

事实上，他根本懒得理睬她！

张彻一头也不回地离开会议室，跟向刚并肩而行，偶尔交谈几句，讨论关于新系列家具的种种，那高大的背影逐渐远去，离她愈来愈远——

娃娃握紧粉拳，急忙想要追上去。只是，她刚冲到门口，一个高大的身影就慢吞吞地踱步走来，恰好挡在门口，阻挡了她的“追夫”之路。

“对不起，请让开。”娃娃心急如焚，克制着不要挥出拳头，把这个挡路的讨厌鬼当场揍昏。

对方却置若罔闻，拒绝让路，甚至还不知死活地发出轻笑。

那淳厚的笑声，让她的焦急都化为熊熊怒火。她把拳头握得更紧，火大地抬头，想看看是哪个不识相的家伙，居然这么大胆，敢挡她的路！

那是一个俊雅非凡的男人。

他很高，几乎跟张彻一同样高大，但是气质却截然不同。相较于张彻一的粗野，这个男人是那么的斯文和善，挂在嘴角的温柔微笑，简直能揉碎女人的心。

只是，当他勾起薄唇，浅笑着打量她时，一股奇异的感觉霎时间穿透她的身躯。

他的笑容很温和、眼神很温和，就连他身上传来的男性气息，都温和得不带任何侵略性。但是，在这无害的表象下，就是有某种力量，让她不自觉地绷紧神经，几乎要本能地摆出战斗姿势。

换作是平时，娃娃或许还有兴趣一探究竟，留下来掂掂他的斤两，可这会儿是火烧眉毛的紧要关头，她急着要去追人，哪里有时间留下来陪这个男人慢慢耗？

“抱歉，请你让开，我真的有急事。”噢，他要是再不让开，她真的会忍不住动手揍人！

男人还是拒绝让开，甚至低下头来，更仔细地打量她。

某种难以言喻的光彩，在黑眸的深处闪烁着，他的笑容变得莞尔，靠在她耳边的薄唇，轻轻吐出两个字。

“小胖。”

这简单的两个字，听在她耳里，简直比旱天雷更响亮。

血色唰的一声，从她脸上褪得一干二净，她惊讶得手脚发冷，脑中一片空白，娇小的身子维持着预备起跑的姿势，却丝毫动弹不得。

什么？这个男人刚刚说了什么？！

“杨小胖，好久不见了。”他轻声说道，从容而坚定地自我介绍，“你不认得我了吗？我是凌云，大你两届的学长。”

“呃，我、我不认识你。你、你、你一定是认错人了——”娃娃硬着头皮说谎，小脑袋用力地左摇右晃，整个人更是不断后退。

“不，我的记忆力很好，绝对不会认错人的。”凌云温和地反驳，亦步亦趋地跟了过来，高大的身躯慢慢地把她逼到墙边，直到她再也无路可退。

她吓得连呼吸都停了，不敢相信自个儿急欲隐藏的秘密，竟会这么轻易就被人揭穿。

这怎么可能呢？居然还有人能认出她来？她明明已经改变那么多，跟以前的模样有着天壤之别，而这个男人，仅仅是看了她一眼，就能唤出那个尘封多年的外号——

“小胖。”凌云轻唤着。

“嗯——嗯？什、什么事？”那淳厚好听的声音，哄得她不由自主地回应，完全没有想到，这等于是不打自招。

他笑得更温柔了，那张俊雅的脸庞，靠在她面前好近好近的地方，黑眸专注地望进她的眼里。

“你一点都没变。”

第一章 | Chapter 01

九年前。

曙色方褪。

晨曦笼罩着整座小镇，金光撒落四周，寒风呼啸着横扫而过，在大街小巷间乱串。人们裹着厚重的冬衣，彼此问候，暖暖的气息溜出嘴巴，就被寒风冻成了轻飘飘的白雾。

“杨氏国术馆”内响起徐缓的钟声，挂在墙上的古老大钟恪尽职责，乖乖地整点报时。伴随着规律钟响的，是阵阵响亮的呼喝声。

呼喝的声音极为响亮，隔着几条街都清晰可闻，左右邻居早就习以为常。

紧邻着国术馆的，是杨家居住的日式平房。厨房里飘出食物的香气，身穿围裙的少妇忙进忙出，端出热烫浓稠的粥，桌上早已摆满佳肴，分量多得足以喂饱一团军队。

平房的另一个角落，是家人们盥洗的浴室。如今，那扇木门紧闭着，里头静悄悄的，听不见半点声音。

平滑的镜面里，倒映出一张圆圆的脸。

杨小胖史无前例地避开晨练，把自个儿锁进浴室里，站在镜子前头，专心而挑剔地审视着。

不同于其他少女的白皙软嫩，她平时野过了头，早被晒得黑里透红。圆胖脸上的浓眉大眼，遗传自老爸，只有鼻子、嘴巴跟身高，像是死去的妈妈。

杨家开设国术馆已有多年历史，称得上是远近驰名，她的四个哥哥，都是刚学会走路，就被扔进道场里学习武术。至于她，则是因为母亲难产过世，无人可以照料，还在襁褓中就被带进道场，在呼喝震天的情况下学着爬、学着站、学着走——

当然，也学着打！

身为杨家唯一的女儿，她可没享受到任何特殊待遇。老爸是一介武夫，不晓得该怎么养女儿，只好把她当成儿子来养，让她跟哥哥们一同练拳，磨炼出傲人的身手。

不同于哥哥们的人高马大，英气勃发，她则是矮胖结实，走起路来架势十足，活像是随时要去干架，旁人都在背地里，偷偷称她是黑社会的明日之星。

杨小胖从来不觉得，自己这模样有什么不好。只是，今天早上，这张看惯了的皮相，竟显得有些不顺眼。

她不知道自己哪里不对劲，只是清楚地知道，她跟一般的少女完全不同。那些少女们，个个软嫩纤细，全像朵初开的花儿，而她却粗壮有力，比野草还要强壮。

为了降低那份强烈的差异感，她特地跑去二十几公里外的邻镇，偷偷摸摸地买了粉红色的发夹，躲在浴室里，小心翼翼地夹在发上——

精致的发夹，勉强夹住几根短短的发，随着她的左顾右盼，惊险地悬在那儿晃啊晃的。那娇嫩嫩的粉红色，搭配上她黝黑的脸蛋，看来更是不协调到极点。

该死，到底是哪里不对劲？！

她烦躁地拔下发夹，瞪着镜子里的圆脸，胖胖的拳握得死紧。

门外传来声音，结束晨练的哥哥们挤在外头，饿得前胸贴后背，急着要进浴室洗漱，才好清清爽爽地去享用早餐。

“小胖，你还要在里头待多久？”杨忠国扯着嗓子在门外问道，乒乒乓乓地猛捶门。

她懒得回答，继续瞪着镜子瞧。

“喂，你没参加晨练，在里头摸了一个多小时，到底是在做什么？”杨孝国也开口发问，却照样没得到半点回应。

“这样不行，我快饿扁了。”杨仁国猛摇头，提出解决方案。“咱们动手！”

四个大男人同心协力，有的出拳、有的出脚，三两下就把门踹开。

“好耶，洗澡洗澡！”杨爱国兴高采烈地挤进浴室，迅速脱下功夫服，裸着精壮黝黑的上身，只穿着内裤就冲向莲蓬头。

“你们就不能有点耐心吗？”杨小胖捏紧发夹，怒气冲冲地问，“女孩子出门，总要花费时间准备啊！”

此话一出，四个大男人齐声鬼叫，纷纷抢了毛巾，匆忙遮住重要部位，还惊慌地左看看、右看看，就怕会在无意间泄露了“春光”。

确定浴室内没有不速之客后，杨爱国困惑地发问。

“哪里有女孩子？”他没看见啊！

“我就是啊！”她气急败坏地嚷着。

四双神似的眼睛，不约而同地落到那张气愤的圆脸上。

“对哦，你是女的。”

“真的吗？”

“我都快忘记这件事了。”

四个人如梦初醒，各自抓着毛巾，你一言我一语地讨论着，像是到这会儿才想起，娘亲当初生下的是个妹子。

“啊，原来如此，难怪你的制服跟我们的不一样。”

“我还一直以为，是学校发错制服，哈哈——”还没有“哈”完，鼻子上已经挨了一记重拳，笑声立刻转为痛呼，他哀号不已，痛得连眼睛都红了。

杨小胖抡着拳头，圆圆的眼像是要喷出火来。“找死！”她低骂一句，杀气腾腾地开始扁人。

“喂喂喂，你这样不公平，我们只穿着内裤，要打也等——哇啊，等等！”

“唉啊！”

“痛、痛痛痛——”

攻击来得太过突然，四个大男人纵然身手了得，但是面对抓狂的小妹，也只能拉住内裤，狼狈地左闪右躲。没一会儿工夫，四个误踩地雷的倒霉鬼，就被打得鼻青脸肿，七横八竖地躺在地上呻吟不已。

“哼，一个比一个欠扁！”杨小胖冷哼一声，拉拉身上因为打斗而皱乱的制服，又各踹他们一脚，“妈的，害我还要再换一次衣服。”

在兄长们的呻吟声中，她拧着眉头，像出巡的酷斯拉般，走回自己的房间，换上另一套制服，还站在镜子前，再三确定仪容。

“要吃早餐吗？”门上传来轻敲声，美丽的少妇站在门外，友善地微笑。

杨小胖扭过头，愠怒地瞪了对方一眼，黝黑的圆脸浮现暗红，像是被人窥见最不愿意泄露的秘密。

“我知道你不爱喝粥，所以另外煮了炸酱面，”如意不以为意，仍是巧笑倩兮，“你爸爸说，这是你最爱吃的——”

小胖半点都不领情，连吭也不吭一声。她利落地把书包甩上肩头，酷着一张脸，径自往外头走去，对如意视而不见。

还没走到玄关，杨家的大家长就开口了。

“你耳朵聋了？没听到你小妈说的话吗？”杨奕拧着浓眉问，声音响亮，表情严厉得能把小孩子吓哭。

他鳏居十多年，直到上个月才娶了柳如意——新任的杨家女主人，跟家人们相处融洽，唯独这个幺女叛逆成性，让他万分头疼。

小胖拒绝回头，坚守着不说话、不微笑、不理睬的三不政策。

“杨信国！”方圆百里之内，只有他敢喊出小胖的本名。“你那是什么态度，给我回来！”杨奕气得头顶冒烟，怒声咆哮着，吼得连几条街外都听得见。

那声巨吼让她全身紧绷，本能地跳开，迅速拉开架势准备应战。

啧，她不该激怒老爸的！现在可好了，一旦开打，别说是制服会被弄脏，她能不能保住小命，活着走出大门，都还是个问题——

然而，事情却出乎她的意料之外。

只见那个脾气火爆、动辄挥拳的老爸，居然一反常态，没像往常那样，青筋暴跳地冲过来。一双软绵绵的小手，正搁在老爸肩膀上，轻轻地抚着，那温柔的轻抚，软化了丈夫的火爆脾气。

原本暴躁如猛兽的大男人，在那双小手的轻抚下，竟变得像小羊般温驯，一场父女冲突，转眼间消弭于无形。

小胖冷哼一声，慢慢松开拳头。她虽然不想欠下这份人情，却更不想迟到。学校里头，可还有更重要的事在等着她呢！

“是你要多管闲事，可不是我求你插手的。”她丢下声明，在老爸再度发作前，迅速拎着书包转身，三步并作两步地跑出家门，往学校的方向奔去。

☆☆☆

在这个纯朴平静、以栽种菊花为主业的小镇上，杨家可谓是远近驰名。

杨家有名的，不只是教出无数高徒的杨奕，也不只是忠孝仁爱，那四个恶名昭彰的儿子。

最有名的，是杨家的独生女。

杨家有女初长成，邻近城镇里流传着许多关于她的“丰功伟业”，那双圆圆的眼，只要一瞪，立刻就教人寒毛直竖，全身发抖，压根儿不敢反抗。

只是，没人想得到，神威盖世的大姊头，竟然也陷入情网了。

她初上高中，就锋芒毕露地大展身手，几个小流氓不服输，卑鄙地调来大批人马，准备先消耗她的体力，再挫挫她的威风。

如潮水般涌来的虾兵蟹将，虽然个个不堪一击，但是长时间下来，也让她打得四肢发软。正在危急的时候，篮球队队长张彻一恰巧路过，顺手替她收拾残局。

从此，那高大威猛的身影就烙在她心上，抹也抹不掉。

为了表达爱慕之意，她偷偷写了封情书，大费周章地威胁利诱，要凌家兄妹做个中间人，把信转交给张彻一。

情书离手还不到二十四个小时，她已经忐忑得坐立不安，脑子里不断胡思乱想。

张彻一看过她的信了吗？他记得她吗？他会喜欢她吗？啊，如果他愿意跟她交往，凭着两人的身手，绝对可以打遍天下无敌手——

各种玫瑰色的幻想，在她脑袋里绕啊绕，她拎着书包，快步地走进学校，急着要赶去三年级教室，听听张彻一的答案。

只是，才刚走进穿堂，她就发现，布告栏前早已被学生们挤得水泄不通。

“喂，全挤在这里做什么？”小胖脸色一沉，颇为不爽地质问，忍住把这些人全都踹飞的冲动。

眼看是大姊头驾到，学生们哄然惊呼，全都连滚带爬地让路，就怕闪得太慢，会惹恼了她。只是，他们退到“安全范围”之外后，就站住不动，伸长脖子远远地观望着，神情既不安又好奇。

“大姊头早。”几个高三的男学生，恭敬地列队欢迎。其中一个则是边打招呼，边退到后头去，偷偷摸摸伸出手，想把布告栏上的东西撕走。

“等等！”小胖眯起眼睛，出声喝止，嗅出空气中不寻常的气氛。“那是什么？”

“没、没什么啦，只是有个不知死活的家伙在恶作剧——”

“拿过来。”她双眼一瞪，冷峻得让人头皮发麻。

不同于其他人的战战兢兢，一个家伙嬉皮笑脸地抢了那张纸，双手奉送到小胖面前，还回头责怪同伴们大惊小怪。

“哎啊，别紧张啦，大姊头哪会写什么情书呢？”他放声大笑，像是听见最荒谬的事。没想到一转过头，却赫然发现她脸色倏变。“呃，大姊头，你怎么——”话还没问完，他已经被无敌铁拳打得飞出去了。

所有人都安静下来了，穿堂之中静悄悄的，只听得到小胖怒极的喘息声。

情书？！她写的情书？公布栏上贴的，居然是她写的情书？

这么重要的秘密，被人当众公开，比全身赤裸着被推到众人眼光下，更让她难以忍受。愤怒、羞耻、难堪，各种情绪汹涌而来，她气得眼前发黑，身子剧烈颤抖着。

噢，她要亲手杀了凌家兄妹！

纸张被捏皱的声音，穿透愤怒的情绪，她低头察看，这才发现捏在手中的信纸，跟她昨天交给凌珑的那张不同——

“大姊头，”一个高二的男学生高声喊着，拖着挣扎不已的女学生来到穿堂。“我亲眼看见，是她把情——呃，那个——是她把信纸贴上去的——”

“放、放手啦！”女学生怒叫着，不耐烦地挥开钳制。

小胖眯起眼睛，眼中迸射的光芒，比刀子还要锐利。

“情书是假的。”她简单地说道，声音冷似冰刀，刮得众人打从骨子里发寒。

女学生脸色发白，双腿也不由自主地颤抖。只是，做都做了，反正伸头是一刀，缩头也是一刀，无论如何都是死路一条，她索性豁出去了！

“对，这封是假的，是我捏造的。不过，你写情书给张彻一，这件事情可就假不了吧？”她刻意提高音量，“你把情书交给凌珑，要她转交给张彻一，对吧？这可是我亲耳听见的。”她也爱慕张彻一。为了减少“竞争对手”，她决定不择手段。

该死！

小胖低咒一声，暗骂自己疏忽，把信交给凌珑时，忘了仔细检查厕所里是否还有闲杂人等。

“你为什么要这么做？”她压抑着火气，掌心刺痒着，心里则暗暗发誓，一等问清原委，就要把这个恶毒的女人撕成碎片。

“只是想提醒你，先掂掂自己的斤两。”女学生冷笑着，口吻尖酸刻薄。“他不会喜欢你的。像你这种——这种——”她耸耸肩膀，没有把话说完，那轻蔑的态度却更污辱人。

轰！

所有理智都被炸成碎片，小胖被愤怒的情绪淹没，几乎难以呼吸。

不只是愤怒，她还觉得痛苦。

那些话就像是最锋利的刀，深深插进她的胸口。而且，那些刀全都不偏不倚地，插中她心中最幽暗的角落——

痛，真的好痛！这比挨了老爸的拳头还要痛上几千几百倍！

酷斯拉般的咆哮，霎时间响彻校园，吓得所有人都倏然一惊。聚在穿堂旁的人，眼睁睁看着小胖扑上前，全都以为那个女学生肯定要完蛋了——

就在校园血案爆发的前一秒，一个高三男学生冲上前来，火速把女学生拉到身后。

“呃，大、大姊头，请冷静点。”他鼓足勇气，硬着头皮苦劝，必须咬紧牙根，才没有被小胖的铁拳揍得哀号出声。

“让开！”

“大姊头——”

唉啊，又是一拳！

“把她交出来！”她像被激怒的酷斯拉，在穿堂内喷火咆哮，破坏可及范围内的所有东西，学生们都躲到角落，抱在一起瑟瑟发抖。

“大、大姊头，这个女人交给我们处理就好了。”

小胖颤抖着质问。

“你们要护着她？”

“不是的，我这是——咳、咳咳咳——”他连忙要解释，却被一张凌空飞来的破木椅撞着胸口，当下弯腰猛咳不已。

唉，他哪里是想保护这个恶毒的女人？只是，大姊头的脾气火爆，一发起飙来就不顾后果，要是真让她逮住对方，肯定会出人命的！

小胖已经什么都听不进去了。

她头晕目眩，只觉得四周的学生都在窃窃私语。那些细碎的声音，在她脑海里嗡嗡作响，渗透她每一个细胞。突然之间，一阵热气涌入眼眶，在她还来不及反应前，热气已经汇成泪水，哗啦啦地流下两颊。

所有人都呆若木鸡，难以置信地瞪大眼睛，几乎要怀疑，是过多的惊骇，让大伙儿产生集体幻觉。

天啊，杨小胖哭了？创校有史以来，最粗壮有力、神勇无敌的大姊头杨小胖居然哭了？！

无数好奇的目光落在她身上，她试着抹去眼泪，更多的泪水却继续涌出。她无法阻止那些泪水，也无法阻止那些人的注目。要是换作平日，她可以只凭一个眼神，就让众人吓得避开视线，但是现在她却软弱得无法开口。

一声呜咽冲口而出，她难以忍受地转身，狂乱地想要逃离这一切。她迈开脚步，歪歪倒倒地往外冲，才跑没几步，就撞上一个宽阔温暖的胸膛。那个人反应极快，伸手接住她，居然还能稳住身子，没有被她撞倒。

“你怎么了？”温和而好听的声音问道，口吻里透着关怀。

小胖哭着挣扎，泪眼蒙眬间，根本不知道抱住她的人是谁。她猛力一推，甩开那个人的拥抱，盲目地跑出学校，活像是身后有妖魔鬼怪正在追赶似的。

让她崩溃痛哭的，不是那幼稚而恶毒的手段，而是她深埋在心里，连自己都不敢碰触的自卑。

就像是动物受伤后，都会逃回巢穴疗伤。她边哭边跑，圆胖的脸布满泪水，一心要躲回房间里，把自己蜷得小小的、小小的——

杨家的客厅里，家人们正围着餐桌，其乐融融地吃着早餐。如意的厨艺绝佳，让几个男人吃得眉开眼笑，但是当那张哭泣的圆脸儿映入眼帘时，他们脸上的笑容瞬间消失。

“小胖！”杨孝国动作最快，丢下筷子冲出来，拦住步履不稳的妹妹。“你怎么了？”

“呜呜呜呜——”

“受伤了吗？”

“呜呜呜呜——”

“伤在哪里？啊？”

“呜呜呜呜——”

“你别只是哭，说话啊！”

几个人全围过来，神色紧张却又束手无策，只能焦急地转来转去，甚至连泰山崩于前也不会眨一下眼的杨奕，也被她的眼泪弄得手足无措。

从小到大，他们只见过她揍得别人号啕大哭，却从没见过她掉一滴泪。

正当男人们乱成一团的时候，一双白皙软绵的小手探来，毫不犹豫地把哭泣不已的少女揽入怀中。

“嘘，乖孩子，没事了没事了。”如意轻声哄着，没有开口问任何问题，只是温柔而怜爱地抱住她，提供最直接的安慰。

小胖本能地挣扎，想要挣脱如意的拥抱，但是那软软香香的女性气息包围着她，比任何强大的力量都难以抗拒，她的内心逐渐一点一滴地软弱下来——

终于，她放弃抵抗，用胖胖的手抱住新妈妈纤细的肩膀，在那香软的怀抱中放声大哭。

第二章 | Chapter 02

九年后。

台北郊区一栋洋房的地下室，传出清脆的声响。

身穿拳击背心、手缠绷带的杨娃娃，正在练习场中挥汗练拳，皮质的沙包被打得晃动不已，随着她凌厉的攻击而摆荡。任何人要不是亲眼看到，绝对想象不到，那纤瘦的身段，竟可以挥出这么强而有力的拳头。

车声由远而近，一辆吉普车疾驶入内，在中庭停妥，高大的年轻人跳下车子，拉开欧式的镂花门，三步并作两步地进了屋，迫不及待地往地下室冲来。

“小胖！哟嗬，小胖！”还没下楼，他已经嚷起来了。

砰！

又是一声巨响，娃娃没有答腔，反倒蹙眉扬腿，猛踹沙包一脚，这才眯着眼睛回头。

“你叫谁小胖？嗯？”她轻柔而甜蜜地问，手臂半弯，随时准备改换攻击目标。

“呃——呃——我是说，呃，娃娃——”杨爱国连忙改口，举高双手以示无条件投降，就怕一时失言，惹恼了小妹，会被她当场踹趴在地上。“那个——那个——事情进行得还顺利吗？”为求活命，他火速改换话题。

清丽的脸上，浮现阴霾的神色，她咬着红唇，一言不发地转过身，又开始痛扁无辜的沙包。

噢噢，看来情况不妙！

又是一辆车子驶入中庭，与先前那辆并排，两部吉普车上，都漆着“杨氏保全”的字样。几个样貌神似的男人，利落地下车，也循着弟弟的前进路线，直冲地下室的练习场，个个神情紧张。

“怎么样？压倒他了没有？”

“张彻一开口约你了吗？”

“婚期定在什么时候？”

三个大男人连珠炮似的发问，把娃娃团团围住，急着想知道最新的发展。

“他根本不理我。”她面无表情地宣布，圆亮的眼瞪着沙包，又挥出几下力道强劲的重拳。

四个大男人同声呻吟。

“唉啊，你可以打昏他啊！”杨爱国用手指扒过头发，像是被困住的熊，在屋里猛绕圈子，气恼小妹的不知变通。

杨忠国叹了一口气，可不像小弟这么乐观。“我老早跟你说过了，她看上的可是张彻一呢！论起身手，那家伙可不比咱们差。”

要是拳头能对张彻一管用，他们这一大家子，何必耗上这九年的时间？只要在第一时间动手把他打倒，再强迫他喜欢小妹，那不就得了？

“那现在怎么办？咱们费尽工夫，辛苦了九年，好不容易才有这种‘成果’”，杨爱国伸手指着娃娃，比被退货的业务员更激动，“难道，就因为他不上钩，咱们就放弃吗？”

倏地，娃娃挥出一拳，强劲的拳风在四哥下巴前惊险地停住。

“谁说要放弃的？”她化拳为掌，用软绵的小手，轻轻拍着四哥的脸颊，用最轻柔的语气强调，“这只是一个小小的失误，只要给我时间，我就能修正它。”

那些媲美修罗地狱的减肥课程、肌肉酸痛的美姿美仪训练，令人神经紧绷，外加荷包大失血的化妆讲座，诸如此类的艰苦试练，她全都咬牙熬过来了。

她花费了那么多时间、那么多心血，就是为了掳获张彻一的心，怎么可能因为这小小的挫败就举白旗投降？

中庭外再传车声，发鬓灰白、双目炯炯有神的杨奕走进地下室，身旁则跟着容颜娇美的妻子，两人手上都提着大包小包的“战利品”。

“啊，娃娃，你回来了！”如意愉快地低呼，接过丈夫手里的大纸袋，捞出一件精致绝伦的白纱礼服。“快来试试这件礼服，要是不合身，我再拿回去给设计师修改。”她抓起礼服，在继女身上比试，愈看愈满意。

公布栏事件后，如意展现惊人的行动力，在最短的时间内，举家迁到台北定居，还大显身手，把人见人怕的大姊头，调教成如花似玉的美人儿，两人早已培养出独特的革命情感。

“小妈，你手脚也快得太离谱了吧？”杨爱国啧啧有声，蹲在纸袋旁东翻西翻。“连八字都还没一撇，你就开始筹备婚事了？哎啊，居然连婴儿玩具都买回来了！拜托，那个张彻一根本就不甩她——哇啊！”话还没说完，他已经挨了一脚，哀号着飞出去了。

“大义灭亲”的杨孝国，含蓄地报告发展，“小妈，很遗憾，事情并没有我们想象中顺利。”

如意微微一愣，揪着白纱礼服猛摇头，满脸的不可置信。

“张彻一没有向你求婚？”

“没有。”娃娃摇头，忍不住又揍了沙包一拳。

“那，他对你说了什么吗？”

“他要我让开。”这次，沙包被揍得激烈摆荡，悬吊绳索的钢架更是不耐重击，在攻击下发出嘎嘎的惨叫。

想起在会议室内发生的种种，娃娃就胃部紧缩，难受极了。

没错，张彻一冷酷的态度，的确让她大受打击，但是这么一点程度的挫败，可打不垮她坚强得媲美铜墙铁壁的爱慕之意。

真正让她吓得落荒而逃的，是凌云的那句话。

小胖，你一点都没变。

没变？！

那个男人居然说她一点都没变？！

就是这句话，吓得她夺门而出，飞奔到最近的一面镜子前，冷汗直流地猛端详，非要再三确认，小妈对她的多年调教，没像灰姑娘的魔咒般失效，这才能冷静下来。

噢，该死的凌云，他是眼睛瞎了，还是眼睛太好？居然说她一点都没变？她原本以为，除了兄长与双亲之外，绝对没有人可以认出她的“真面目”的——

眼看落在沙包上的拳头愈来愈多、愈来愈快，如意搁下礼服，大受打击地坐下。她一手扶着额头，不解地频频摇头。

“这怎么可能呢？他见到你了，却还开口要你让开，你确定他不是深度近视吗？”凭着那张清丽的脸，再加上无懈可击的化妆技巧，她实在很难相信，会有男人面对如此美色，还能视而不见的。

倒在角落的杨爱国，挣扎着起身。他不死心地凑过来，想加入讨论。

“那个——”

他才刚说了两个字，所有人就同时开口。

“闭嘴。”

“我想——”

“闭嘴。”

“我——”

“闭嘴。”

“喂，起码也听我把话说完啊！”他抗议着。

杨孝国瞄了他一眼。

“你要是还想活命，最好就把嘴巴闭上。”

“你们听听我的意见嘛！”他不怕死地咧嘴而笑，坚持要提出“精辟”见解。“我想，张彻一应该不是近视，说不定他是个同性恋，所以——”

这次，他遭到兄长们的围殴。

在杨爱国的哀号声中，如意稍微提高声量，对着娃娃谆谆教诲。

“你先别心急，反正近水楼台先得月，你们往后就同在一间公司，你先摸熟他的喜好，再对症下药就是了。”她不厌其烦地面授机宜。对于这桩“追夫”大计，她总是比任何人都关心。

“我原本就是这么打算的。”娃娃拆掉练拳用的绷带，露出一双白嫩小手。

“原本？”

“有个人让我分心了，害我错失机会。”她不情愿地解释。

要不是凌云突然拦住她，毫无预警地掀了她的底，害她一时方寸大乱，她老早就追上张彻一，开始跟他“相处”了——

“哦？”杨孝国停下拳头，诧异地挑眉，“是谁有这么大的能耐，能在张彻一面前让你分心？”

“只是一个没用的绣花枕头。”想起凌云的俊雅模样，她不以为然地耸肩。

“这么说来，那家伙不足以造成阻碍？”

“当然！”娃娃回答得斩钉截铁。

哼，那个绣花枕头，虽然外貌挺称头的，但是举手投足间，斯文得没有半点杀气，那双修长的手，大概不曾握过比筷子更重的东西。这种货色，她只要挥出一拳，就能把他打得满地找牙，哪里还会造成什么阻碍？

“你们放心，任何人都阻止不了我的，张彻一绝对逃不出我的手掌心。”她双眼发亮，握紧拳头，再度变得斗志激昂。

噢，她一定要排除万难，逮住张彻一，俘虏他的心，成为他的妻子。她不会放弃的！

绝不！

☆☆☆

清晨，阳光普照。

坐落在市中心繁华地段上的蓝色大楼，涌进大量的上班人潮，娃娃拎着公事包，穿着翠绿色的春装，照例打扮得娇柔可人，昨日痛扁沙包的狠劲，这会儿早已荡然无存。

才经过一夜的时间，办公室内的景况已经彻底改变。所有的设备，全数都已装设完成，职员们也抖擞精神，各就各位，整间公司充满着朝气。

看来凌云的出现，的确带给员工们不小的压力，公司内的气氛比先前更紧绷，全体进入备战状态。

娃娃走到座位上，熟练地打开电脑，用最快的速度，整理英国总公司传来的文件。不同于其他人的战战兢兢，她还趁着列印文件的空档，摸出粉盒补妆，准备再接再厉，积极地展开“攻势”。

一会儿之后，她抱起热腾腾的文件，开始寻找“攻击目标”。

办公室虽然占地广大，但是仔细“巡逻”一遍，也花不了太多时间。她前前后后、里里外外，仔细地绕了一圈，还打开每一间房间搜寻，却还是寻不见那高大挺拔的身影。

怪了，张彻一躲到哪里去了？

向刚走进办公室时，刚好看见那娇小的身影晃过来晃过去，这边瞧瞧、那边看看，像只忙碌的小蜜蜂般绕个不停。

“你在找什么？”他出声问道，一脸好奇。

“没、没什么——”娃娃连忙转身，双手递上文件，在外人面前不忘保持柔弱温柔的模样，“经理，怎么没看见那位张先生呢？”她期待地问，还朝他身后猛瞧，就希望能够瞧见心上人。

“你别担心，那家伙是工厂的负责人，必须在中部坐镇。”他露齿一笑，以为这个消息能让她如释重负。

娃娃只差没哭出来。

“意思是，我在这里根本遇不到他？”

“一个月大概一次。”他补充，察觉出她的沮丧。

娃娃真的要哭了！

真是糟糕啊，她根本没料到，张彻一会留守中部。这么一来，就算是他偶尔北上开会，她每个月也只能见他一次，情况只比牛郎织女稍微好一点，哪里还有机会可以跟他“相处”？

呜呜，她该怎么办？申请调职吗？要是工厂那边没有空缺呢？那、那、那她干脆辞职，丢下这个金饭碗，一路追回故乡去算了——

沉稳的脚步声由远而近，一个男人踏步入内。

“向刚，英国那边的资料到了吗？”凌云问道，金边眼镜后的黑眸异常深邃温和，一瞧见那个闷头苦思的小女人，他勾起嘴角，无声地绽出一抹笑意。“小胖，早安。”他友善地问候着。

小胖？

向刚困惑地挑眉，还没来得及反应，身旁就卷起一阵狂风。

就听到急促的脚步声响起，室内瞬间清场，只剩他一个人还站在原地。

凌云跟娃娃同时消失了。

☆☆☆

砰！

门被用力甩上，娃娃拉住凌云的领带，急呼呼地冲进会议室，重重地把他推抵到墙上去。

“我郑重警告你，不准再那样叫我！”她凶恶地揪住他的领口，一字一顿地警告，恨不得撕烂那张好看的薄唇。

“为什么？”凌云礼貌地询问，即使面对她的怒火，仍是一脸似笑非笑。

他是那种静水深流、藏而不露的人，英俊的脸庞上戴着金边眼镜，言行举止都中规中矩，像是从没闯过红灯。

“我说不准就是不准！”她气得差点喷火，沮丧的情绪早已一扫而空，取而代之的，是对这个男人的气恼。

该死！她原本以为，这柔弱小女人的形象，能维持到张彻一上钩。哪里知道，这个半途冒出的绣花枕头，就是有办法戳破她的伪装，只凭着三言两语，就让她当场“破功”。

俊雅的脸庞上绽出浅笑，那双温和的黑眸，一眨也不眨地注视着她。

“如果我同意的话，你可以放开我吗？我很怕你会弄痛我。”凌云的声调不疾不徐，淳厚的嗓音里藏有一丝笑意。

没用的家伙！

眼看警告已经发挥效果，娃娃冷哼一声，不以为然地松开双手，转身准备走人，拒绝跟绣花枕头共处一室。

她一心只想离开，压根儿没发现，身后的男人正默默打量着她，将她曼妙的曲线尽收眼底。

金边眼镜后的黑眸微眯，高深莫测的视线，一吋吋地滑过她的背影，不错过春衫下的任何起伏。那娇小的身影举止轻盈，一举一动都像舞蹈般赏心悦目，只有极少数的人看得出，那是有武术底子的人才会有的平稳脚步。

“你的名字跟以前不同。”凌云轻描淡写地说道，黑眸中闪过灼热的火簇，与温和平静的表情形成强烈的对比。

“我去改了名字。”她敷衍地回答，小手已经握住门把。

“这是小妈坚持的，”她说，“‘信国’两个字太过生硬，实在不适合女孩子——尤其是美丽的女孩子——”

“哦，这也是为了张彻一吗？”他问得一针见血，眉目低敛，掩饰着其中跳跃的光芒。

轰！

粉嫩的脸，一下子变得红彤彤的。

“你、你、你怎么知道的？”她火速转过身来。

“你昨天看着他的神情，像是想吞了他。”他简单地回答，毫不松懈地追问：“你喜欢他？”

她的脸快着火了。

“关你什么事？”

太可怕了！这个男人莫非知道她的所有秘密？！

娃娃悄悄握起拳头，漂亮的眼眯了起来，很认真地考虑，要不要杀人灭口。

凌云倚靠在办公桌旁，欣赏那张小脸上变化万千的神情，俊脸上始终保持着最温柔的微笑。半晌之后，他用吟咏般的语调，对着她轻声宣布：“他不会喜欢你的。”

第一次听到这句话，她哭了。

第二次听到这句话，她激动得想揍人。

“你说什么？！”愤怒得像是岩浆，在娃娃的脑子里咕噜咕噜地沸腾，她跳过办公桌，杀气腾腾地扑回来，揪住凌云的领口，把他压回墙上，两人再度恢复成三分钟前的姿势。

这个该死的绣花枕头说了什么？

他不会喜欢你的。张彻一不会喜欢她？！

这怎么可能？她历尽千辛万苦，终于化身为绝世美人，这柔弱的模样，能激起所有男人的保护欲。

任何男人一见着她，总是细心地宠着、呵护着，捧在手里怕摔了，含在嘴里怕化了，面对她说话时，还会主动降低音量，转为轻声细语，就怕会吓着她，想把她娶回家呵护的男人，可是不计其数的。

“请注意你的力道，千万别弄痛我。”凌云神情莞尔，温柔地解释，“当然，你的美丽让人印象深刻，你的温柔也让人——”他聪明地选择闭嘴，抿唇一笑，才又继续往下说，“只是，很可惜，张彻一喜欢的是火辣香艳的成熟女人。”

世界在她脚下崩溃了！

娃娃像是被人狠狠揍了一拳，脸色唰地转为惨白，整个人摇摇欲坠，揪住凌云领口的小手，也不自觉地松开。

不会吧，原来她搞错方向了！这柔弱小女人的模样，根本不合张彻一的脾胃。啊，难怪他见到她时，非但没有一见倾心，立刻求婚，反倒酷着一张脸，要她让开——

呜呜，完蛋了完蛋了，这么一来，如今就算是近水楼台，她也未必捞得着张彻一的心啊！

凌云体贴地扶住她，还勾来一张椅子，让她坐好。

“你先别绝望，事情或许还有转机。”他也拉了张椅子坐下，修长的十指交握着，一副准备跟她促膝长谈的模样。

“什么转机？”她喃喃问道，还处于极度震惊的状态，娇小的身子难以遏制地颤抖着。

“我跟张彻一是多年好友，他的偏好，我最清楚不过。”凌云慢条斯理地伸出手，那宽厚的大掌，温柔地包拢她的小手。“我愿意助你一臂之力，为你制造机会。”

“你为什么要帮我？”她抬起头，绝望的情绪稍微消退了些，取而代之的是狐疑。

“我只是想为好友的终身幸福略尽绵薄之力。”他露出普度众生般的温柔笑容，头上仿佛浮着一轮光圈，而背后还有着圣洁的纯白翅膀。“他已经有个论及婚嫁的女友，而那个女人只是贪图他的财产，并非真心爱他。”

娃娃像被针刺着，整个人跳起来，激动地就往外头冲。

“我这就去告诉他！”顺便痛扁那个坏女人！

“别冲动。”温暖的男性指掌揽住她的纤腰，制住她冲刺的力道，随即立刻放开，没有多加逗留，“当局者迷，他怎么可能听得进去？”

“那你说，该怎么办？”她握紧拳头，不情愿地承认，凌云说的话的确有几分道理。

“我有个建议，”他直视着她，温和的黑眸中，闪过一丝难以辨认的光芒，“不如，就由我来开班授课，为你做‘重点加强’，等到你准备妥当，再安排你们约会。”

她咬着红嫩的唇瓣，看着那张俊脸。

为了“修正”方向，她急欲寻找同谋，而眼前的这个男人，似乎就是最佳人选，他提出的建议，实在让她难以抗拒——

“好，我跟你合作！”

“很好。”他微笑，“但是，我有个条件，希望你能配合。”

“说吧！”这倒是很公平，天下没有白吃的午餐，她也不愿意白白接受他的帮助，平白无故领受他的恩惠。

“我的特别助理刚刚离职，如果你愿意顶替这个职位，等于是帮了我一个大忙。”他委婉地说道，眉目低敛，眼镜的反光，让人难以看清他的眼神。

娃娃毫不迟疑。

“成交了。”

第三章 | Chapter 03

手机铃声响起，在万籁俱寂的深夜中，显得格外刺耳。

被窝里的人一动也不动，仍是抱紧棉被，沉浸在甜甜的梦乡中。

铃声持续着，响啊响、响啊响，对方显然有着高度的耐性，坚决不肯放弃，非要逼得她起床接听。

恼人的噪声终于穿透她的梦境，娇小的人发出痛苦的呻吟，弯如新月的眉也蹙得紧紧的。她心不甘情不愿地翻过身子，小手在床边乱摸，好不容易才摸着手机。

“喂——”娃娃困倦地拖长尾音，附赠一个哈欠，眼还舍不得睁开。

手机里传来温和的男性嗓音。

“过来。”

她呻吟出声。

“你知道现在几点吗？”

“凌晨两点半。”凌云毫不怜悯地低笑，“很抱歉打扰你，但是，我需要的资料，刚好全在你的公事包里——”

“你休想。”她斩钉截铁地拒绝，“现在是下班时间，我要睡觉，再见。”她迅速说完，结束通话，急着回去跟周公培养感情。

噢，周公伯伯，别走啊，回来把这盘棋下完啊！

手机铃声再度响起。

她深吸一口气，颤抖着按下通话键，克制着不要把手机砸烂。

“向刚还留在公司，你先过去一趟，把C柜里的十二份档案也一并带过来。”凌云继续交代，平稳的口气像是不曾被打断过。

“不要。”

“真的不要？”

“我、不、要！”她吼出来了，眼睛还是紧闭的，“我十点才下班，十点半回到家，十二点半才上床睡觉——”睡眠不足可是美容的大忌啊！

低沉而富有磁性的笑声，清楚地传进她的耳中，她可以想象，那张男性的薄唇，此刻肯定勾扬着好看的弧度。

“很抱歉，我们有过协议，你必须二十四小时待命。”他的口气虽然温和，却透露着不容拒绝的专制。

“去你的协议！”噢，她好困啊！“我要去睡了，有什么事情都等到天亮再说。”

凌云的声音没有提高半个音阶。

“张彻一结婚那日，我可能需要一位女伴，你愿意陪我出席吗？”

“该死！”她大叫一声，立刻从床上跳起来，双眼因为瞌睡，像小白兔般红彤彤的，“你这个浑蛋，我过去就是了！”她连声咒骂，在心里默默跟周公正式挥手道别。

“路上小心。”凌云轻笑着，在她的诅咒声中收线。

☆☆☆

她中计了！

娃娃驾驶着吉普车，在茫茫夜色中高速行驶。她握着方向盘，紧踩油门，对路旁的红灯视而不见，清丽的小脸上则充满愤慨。

谈妥“条件”之后，凌云通知了向刚，下达她的调职令，要她即刻报到，从此成为他的特别助理。

然后，她的噩梦就开始了！

那个家伙看来温文儒雅，却是个百分之百的工作狂，才跟在他身旁两个多礼拜，庞大的工作量，已经让她累得手脚发软，每晚回家后，总是一沾枕就沉沉入睡。

难怪不少人听见，她转调到凌云的身旁，纷纷对她投以同情的眼光，还拿着大量的维他命与鸡精，偷偷塞给她，要她保重身体。

这个职缺无疑是个苦差事，先前几个人，受不了凌云的“荼毒”，全都哭着自动请辞。

她多么想效法“先圣先贤”，也跟着请辞回家，但是，每当她嚷着要“毁约”，他就会故意提起张彻一，还用最温柔的语气鼓励她，要她再接再厉，千万不可前功尽弃——

可恶，那个绣花枕头根本是吃定她了！

吉普车在台北市区内东绕西转，驶入一栋有着红砖外墙的高级公寓。娃娃停妥车子，抱起两大袋文件，在经过夜班守卫时，还露出甜美的微笑，这才优雅地走入电梯，直上凌云居住的楼层。

当！

电梯门滑开，缎质的高跟鞋，咔嗒咔嗒地踩过大理石地板，她走到门前，熟练地按下密码，扭开光亮的黄铜门把。

这段日子以来，她几乎每晚都要到这儿报到，凌云不但给了她公寓门锁的密码，还把备份钥匙硬塞给她，要她随传随到，他像个贪得无厌的魔鬼，无限制地压榨她的劳力。

偌大的公寓里，只有最简单的家具，其中最为醒目的，是一副玻璃材质的对联，上头用独特的喷砂效果，写着“婆娑之洋，美丽之岛”八字漂亮的草书。

客厅内空无一人，而主卧室的门虚掩着，从门内传出隐约的打字声，把她挖出被窝的罪魁祸首，肯定就在里头。

“姓凌的，给我滚出来！”娃娃往沙发上一坐，因为睡眠不足而极度心情恶劣。

轻笑声从门内飘出来。

“再给我一点时间。”

“你先前怎么不让我多睡一点？”她斤斤计较着，双眼瞪着那扇门，一个鲤鱼打挺，就从沙发上灵巧地跃起，轻盈得不可思议。

开什么玩笑？！三更半夜把她找来，这会儿她人都到了，他还想把她晾在门外？

她拒绝听从，笔直朝主卧室走去，急着把文件扔给他，想要马上走人。还没走到门前，那低沉的嗓音再度响起，在夜里显得格外清晰。

“小胖，请别进来。”

她倒抽一口气，立刻撞开房门，毫不迟疑地冲进去。“你是活腻了吗？我警告过你，不要再——”

呃，她看见什么了？

娃娃站在门口，错愕得红唇微张，如水晶般剔透的眼，差点要掉出来——

不同于外头的简洁陈设，主卧房里搁着一张古色古香的木造床榻，不但纹理典雅、色泽温润，榫接的功夫更是堪称一流。床上还铺着大甲特产的蔺草草席，看起来沁凉而舒适。

不过，这张漂亮的木床，她先前已经赞叹过了。如今真正让她张口结舌的，是那个坐在蔺草草席上，盘着腿打电脑的男人。

他、他他他他、他——他居然没穿衣服！

褪了衣衫的凌云，反倒不像平日那么斯文，出乎意料地显得精壮结实，搁在膝上的笔记本电脑，惊险地遮住“重点部位”，金边眼镜则被搁置在枕上。

大概是刚刚沐浴过，他的黑发微湿，水珠一颗一颗地滚落发梢，沾湿他厚实的肩膀，再顺着性感的胸膛一路往下溜，造成强烈的视觉效果，能让所有女人口干舌燥、心跳加快——

键盘滴答滴答地响，凌云气定神闲，只是抬头看了她一眼。

“抱歉，在自己家里，我穿得随便了些。”他耸耸宽阔的肩膀，双手搁在键盘上敲打，很大方地“开放参观”，丝毫没有遮掩的意思。

娃娃火速收回视线，粉嫩的小脸，因为不知名的原因而嫣红，呼吸也变得紊乱，比打完两套拳还要急促。

“穿？你身上还穿着什么？国王的新衣吗？”她走进浴室里，扯了一条大浴巾，不客气地往床上的裸男扔去，粉脸上的红潮未褪。

凌云也不去接，任由大浴巾打中肩膀，再坠落腰间，室内春光大减，立刻从限制级降为辅导级。

“你不习惯男人的裸体吗？”他好奇地问，深邃的黑眸锁着她，对那片晕红很感兴趣。

“废话！”她还是未出嫁的姑娘家呢！

虽然说，她从小在国术馆里长大，见多了打赤膊的男人，但是老爸与哥哥们的裸体，跟外头的男人比起来，就是——就是——就是不同嘛——

“我怎么听说，你曾经逮住一个流氓，罚他裸体游街？”

“是哪个家伙在胡说八道？！”她恼怒不已，觉得自己名誉受损，连忙申辩，“我让他留着内裤没脱，不是裸体啦！”

唉，这就是“盛名之累”啊！她多么担心，那些被人加油添醋的丰功伟业，会吓坏张彻一。所以，她早已决定，在两人结婚，生下第一个孩子后，她才会坦承，委婉地告诉他，她就是当年那个名震乡里的大姊头——

各种玫瑰色的幻想，又在小脑袋里乱绕，总算让她觉得好过些。她打开公事包，抽出厚厚的文件，脑子里已经列出十多个小孩的名字。

“好了，你要的资料全在这里。”她翻翻文件，确定没有遗漏，接着姿态曼妙地转身，踩着高跟鞋往外头走去。

“你要去哪里？”

“回家睡觉。”今天是周末，她打算睡到中午。

“不行。”他慢条斯理地说道，戴上金边眼镜，翻阅她飞车送来的文件，垂敛的眉目不同于平日的温和，有着内蕴的严厉。

“为什么不行？”

“再过三十分钟，我要跟英国方面连线，召开视讯会议，你必须留下，做会议记录。”他严格规定，每日结束营业后，主管们都必须详尽地报告业务状况，还在住所里装设视讯系统，跟英国方面保持密切联系。

娃娃用尽全身的力气摇头，拒绝继续加班，全身的每个细胞，都在怀念家里暖暖的被窝。

“我——”嫩嫩的红唇才刚张开，凌云已经先发制人，抛出她难以抗拒的诱饵。

“张、彻、一。”他轻声细语地吐出三个字，黑眸转到她脸上，就变得慵懒而深邃。

她要踹死他！

娇小的身子摆出战斗姿势，腿也蓄满力道，就准备当胸踹下去，踹得他倒地不起。

啊，不行不行，她要忍住！

小不忍则乱大谋，她还有“大谋”要做，非得先咽下这口气。看在张彻一的分儿上、看在她跟张彻一的孩子的分儿上——为了那些美好的远景，她一定要暂时忍耐，最多回家之后，找四哥来狠狠练几场拳就是了。

“好，算你赢！”她咬牙切齿，挥出拳头，重重地打在墙上，稍微发泄怒气。

她在心里对天发誓，她跟张彻一结成连理的那天，就是凌云的死期！

☆☆☆

清晨五点，视讯会议开始。

墙面无声无息地滑开，巨大的液晶荧幕降下，几个金发碧眼的外国人，已经在远端系统的另一头排排坐好。

娃娃坐在桌边，记录主管们的报告以及凌云的指示，虽然努力集中精神，但是每当周公热情邀约时，她就会悄悄闭上眼睛，把握机会打瞌睡，小脑袋就在角落，有一下没一下地点啊点。

不同于她的萎靡不振，凌云看来神清气爽，冷静而理智，瞌睡虫大军似乎一遇上他，就会自动毙命，他精力充沛，像是永远不需要休息似的。

凭借这股令人咋舌的精力，以及精确的市场眼光，他所率领的团队，在商场上可说是战无不胜、攻无不克。

昔日篮球队的几位队员，在凌云的号召下，成立了“宝岛小镇”。这几年来席卷欧洲的中式复古风潮，正巧起了推波助澜的效果，短短数年内，“宝岛小镇”就从伦敦的哈洛斯百货公司，一个二十五平大的专柜，发展成著名的品牌。

如今，他回到台湾，准备设立门市，将行销版图从欧洲发展回国内。

生意做得大，业务报告也相对冗长，直到天际蒙蒙亮，窗外鸟声啁啾时，会议才告一段落，娃娃早已在一旁，睡得不省人事。

几个主管陆续离席，荧幕的彼端，只剩下一个穿着考究的俊美男人。

“伦敦这边出了件事情，我想最好让你知道，才能有所提防。”贝理抽出口袋中的手帕，拂去桌面上其实不存在的灰尘。他的声调悠扬悦耳，举手投足间，都有着贵族式的夸张与优雅。

凌云挑眉。

“年度特展出了问题？”

“你早就料到了？”荧幕上的男人反问，挑起黄金般的眉，夸张地叹了一口气。

哈洛斯百货每年一度，会挑选某个品牌，辟出一个楼层，做盛大的特展，不但能吸引人潮，对展出厂商的助益也难以估算，各厂商无不挤破头竞争，都想借此良机大发利市。

今年，“宝岛小镇”脱颖而出，却有厂商心有不甘，舍不得将钞票拱手让人，决定找来不良分子，在台面下暗动手脚。

“我离开英国之前，已经听说，有人想逼我们弃权。”凌云语气平淡，表情与姿态都没变，黑眸中迸出某种光亮，但随即隐没不见。

在商界打滚几年，这类事情他早已见怪不怪。利字当头，很少有人不眼红，为了抢夺利益，那些人什么事都做得出来。

“今天早上，公司接到一封威胁信，要我们放弃特展，还不得对外声张。”贝理看着他，神情变得严肃，“你是老板，由你决定该怎么办。”

“把信扔了，一切按照原定计划进行。”

“我想也是。”贝理咕哝着。彼此合作多年，他老早摸熟了凌云的性格，“不过，我还是必须多嘴地说一声，对方不是什么善良老百姓，说不定会直接找上你，直接对你施压。”

凌云若有所思地点头，伸手探向竞争厂商的名单，却发现一只软嫩的小手，正巧就搁在上头，把名单压得牢牢的。

他毫不考虑地放弃名单，深幽难解的黑眸，注视着沉睡中的小女人，食指圈绕住她的一绺发，在指间摩娑着。他的动作很轻很缓，像是在抚摩一匹上好的丝绸。

长年练武，让她的身子纤瘦柔软；细心保养过的肌肤，更是柔嫩而雪白，滑润得让人垂涎，连呼出的气息都是芬芳诱人的。

当她熟睡的时候，那火爆的脾气、可怕的杀伤力都消失得一干二净，眼前的她，美得像画里的天使。

凌云沉默地俯视着娃娃，蓦地勾起嘴角，露出一抹神秘的浅笑。

有哪一个男人，舍得将这么美丽的小女人拱手让人？

荧幕彼端的贝理，礼貌地没有多问，只是挑起眉头，多看了那个睡美人一眼。心里猜测着两人的关系，嘴上却圆滑地换了话题。

“对了，那批新系列家具的进度如何？最好尽快空运过来，才能配合展览场地的规划进度。”

“我会交代张彻一去安排。”

正在梦周公的娃娃，瞬间就清醒过来。

“张彻一来了吗？他在哪里？在路上吗？还是已经到了？”她急切地追问，双眼亮晶晶地左看右看。

“没有。”他的语气像在安抚暴躁的猫。“他还待在中部的工厂里。”他朝着荧幕做了个手势，贝理露出理解的笑容，随即关闭系统，荧幕变得一片黑暗。

啊，好失望，她还以为是张彻一来了呢！

娃娃沮丧地叹气，双手搁在桌上，紧捏成小拳头。

“你真的很喜欢他呢！”凌云敛下眼睫，黑眸闪过一丝危险的光芒，“只是，你生嫩得连吻都不会，怎么能够勾引得了他？”

“谁说我不会？”她瞪了他一眼。

他挑起浓眉，饶富兴味地注视着她，知道这个小女人只是在虚张声势。

“我可以教你。”他静静地说道。

“教我什么？”

他的声音轻而坚定。

“接吻。”

轰！

愤怒与羞赧，同时烧红了她的粉脸。

“你想占我便宜？”娃娃怒叫着，冲到沙发旁，发挥神力女超人的力量，轻而易举地扛起那张小茶几，当场就想要为民除害，活活砸死这个性骚扰女职员的浑蛋。

“当然不是。”

凌云既不逃命，也不求饶，仍是一派从容镇定，修长的指在桌面上轻敲着。

“那你为什么、为什么——”她打着小茶几，脸红似苹果。

“为什么提议要吻你？”他替她把话说完，慢慢取下眼镜，搁在掌心把玩着，粗糙的指腹沿着镜框缓缓滑动。

不知为什么，这个动作让她心头一跳，粉脸上的嫣红更深了。

“记得我们的协议吗？你付出劳力，相对地，我也该善尽义务‘指点’你。”凌云循循善诱，表情诚恳得让人难以怀疑。“如果你会害怕，那么，就当我没有提过这个主意。”他露出理解的微笑。

害怕？她会害怕？怕他？

噢，这简直太侮辱人了！

娃娃杏眼圆睁，视线上上下下地游走，挑剔地打量着，审查他有什么“资格”让她害怕。

的确，她愿意承认，凌云的身材不错，结实得让她有点刮目相看，但是这样的男人，她也曾在国术馆里遇过几个，虽然外表看来称头，但是全都中看不中用、耐看不耐打。一旦对打起来，还是不敌她的盖世神威，照样被踹得满地找牙。

话说回来，他冒着“生命危险”，说出这种提议，难道是真的想——想——呃，想为她“恶补”？

她在男女的经验上，的确生嫩得很，按照张彻一的性格，绝对不可能在婚前只是牵牵手、散散步。她可以学习着打扮得艳丽成熟，但是一旦有机会近身接触，她生涩的反应肯定就会露出马脚。

小妈说过，完美的妻子，是下得厨房，出得厅堂，至于卧房里的工作，那可也马虎不得。只是，她一心一意地追逐张彻一，根本没机会跟其他男人接触，更别提是“实习”了——

娃娃蹙着眉头，慢吞吞地放下小茶几，坐在上头思索，视线却像是黏在凌云身上，拔也拔不开。

仔细评估下来，这个绣花枕头倒是一个不错的“活道具”，如果他敢有“教学”以外的动作，她可以扁他；要是他敢泄密，她还是可以扁他。

半晌之后，她深吸一口气，豁出去了！

“我们试试看吧！”她保持镇定，努力想装得泰然自若，却无法掩饰粉脸上的红潮。

“试什么？”凌云礼貌地问。

“就——就——”

“嗯？”

“那个——”

“请说清楚一点。”他的眼里藏着邪气的笑。

娃娃恼羞成怒，咚咚咚地跑上前，一把揪起他的衬衫，小脸凑抵上前，凶巴巴地质问。

“接吻啦！你教是不教？”她的口气恶劣得像是登门讨债的流氓。

“啊，请别弄痛我。”他低声强调，声音暖得像春风，宽厚的指掌圈绕她的发丝，用指关节轻触她的脸。“第一课，记得温柔些。”

灼热的呼吸吹拂在她的唇上，像是蝴蝶羽翼刷过般，痒痒的、酥酥的，她因为紧张而轻轻颤抖，看着那张俊脸愈来愈近、愈来愈近，近到她能在他的眼里，看见自己的倒影。

“别怕。”热烫的薄唇，亲昵地在她唇上摩挲着。

“我没有——”

“嘘，乖乖的，”他舔去她的抗议，“为我张开嘴。”

这种“成人式”的亲密接触，对她来说可是头一回。男性的薄唇封缄了她的呼吸，她全身僵硬，努力抗拒着要把他一拳打飞的冲动，慌乱地察觉到，他正温柔而霸道地吻着她——

“唔，不——”她瞪大眼。

凌云吮住她的舌，咽下她的呼吸与抗议。

她的神力全都消失不见了，整个人软绵绵的，模糊地察觉，他的双手不知何时，已经圈绕住她的腰，将她的身子揽入怀中。这样的姿势，让她能更彻底地品尝他的吻。

他不疾不徐地、温柔缓慢地、销魂诱人地，勾动着她轻颤的唇瓣，轻啃着她的柔软，纠缠逗弄着她生涩的丁香小舌。

她胸前的柔软丰盈，紧贴在他的胸膛上，娇小的身子蜷在他怀中，就算是隔着衣服，他炙热的温度，仍让她全身发烫。

属于男人的热度，渗透进她的肌肤，让她从内部开始融化，陌生的欢愉化为波涛，在她体内撞击与流窜，她只能在那阵惊人的快感下颤抖，依偎在他的胸口，发出猫咪般的呜呜。

娃娃并不知道，是不是每个男人的吻，都会这么炙热销魂；她只知道，凌云的吻几乎让她彻底融化了——

第四章 | Chapter 04

“宝岛小镇”的办公室内，从白昼忙碌到夜幕低垂。

同一栋大楼的其他公司，老早就各自下班，只有“宝岛小镇”里的员工，全都自动加班，直到夜幕低垂才能拖着脚步回家。

凌云对待员工并不苛刻，只是非常严格，在这间公司里，没有任何人可以轻松度日，每个人都是战战兢兢，非要恪尽职守，才能保住饭碗。

对于庞大的工作量，娃娃已经逐渐适应。她负责的档案，足足塞满了两个房间，每次开会的时候，都要用手推车装着，大费周章地送到会议室。

有其他职员在场时，她还会记得伪装，假装推得很吃力，这样的举动，总会引发男同事怜香惜玉的念头，立刻抛下工作，挽起袖子，抢着帮她搬那几大箱的资料。

其实，这几箱的文件，对她来说只是小意思，但是同事们这么热心，她也不好太坚持，只能露出感激的甜笑，忍住不插手，看着他们气喘吁吁地把箱子扛进会议室。

会议室里头，坐着两个男人。凌云与向刚坐在桌边，正在讨论台湾门市的开幕事宜，以及英国的商务。

娃娃开始怀疑，这两个男人永远都不需要休息。

至少，打从她上班以来，这两个男人就始终埋头于工作，凌云忙于决策，而向刚忙于在外头拓展业务，配合得天衣无缝，那两张俊脸上，从未显露出任何疲态。

当娃娃打开门，推着手推车进来时，向刚立刻起身。

“需要我帮忙吗？”他的态度亲切而和善，脸上总带着微笑，对每个人都殷勤有礼，是个天生的生意人。

“不用了，我勉强还推得动。”她礼貌地拒绝，不忘喘几声给他听。

凌云不动如山，双手环在胸前，黑眸中充满着笑意，饶富兴味地看着她“表演”。

“看得出来，你的确很‘勉强’。”他不着痕迹地强调最后两个字。

娃娃偷偷地握紧拳头，趁着递资料给他时，用漂亮的高跟鞋，很用力、很用力地踩上他擦得干净雪亮的鞋子。

木造的鞋跟，深深地陷入男鞋的鞋面，惨遭酷刑伺候的凌云，发出一声痛楚的闷哼。

“杨小——”

他敢！？

她踩得更用力，还故意把全身的体重，都压在那只高跟鞋上，背对着向刚的小脸，露出威胁的表情，柳眉倒竖、眼睛圆瞪，看他是不是还有胆子说出那个“胖”字。

凌云抿起薄唇，像在克制着不惨叫，或是咽下即将滚出嘴角的笑声。

他没有再激怒她，只是慢条斯理地往前倾身，靠近她的耳边低语。

“你‘不小心’踩到我了。”他靠得很近，就靠在她耳边说话，呼吸懒洋洋地拂过她的发梢。

她的脉搏突然加速，刷过耳际的酥痒，带来异样的暖烫，某种禁忌的快感，随着他灼热的气息，渗透进她的血液，让她的胸口发热，连手脚都开始不听话，变得软绵绵的——

娃娃倒抽一口气，咚咚咚地连退三大步，用最快的速度，远离他的“影响范围”。

可恶，该是她要惩罚他，让他吃些苦头才对！怎么情势会陡然生变，反倒是她被他弄得手足无措？

她开始怀疑，凌云的身上，是不是带着某种病菌，不然为啥自从他吻过她之后，她就变得格外敏感？他的眼神、他的语气，或是他偶尔投来的浅笑，都会让她心乱跳。

她时常想起，他吻她时的感觉，在她的唇瓣上，像是还留有他的味道——

噢，她在想什么？！

那个吻根本不代表什么，只能算是一个“练习”，她必须保持平常心，千万不能大惊小怪！

娃娃一手捂着心口，努力重拾冷静，再三告诫自己，那个吻只是她迈向“张夫人”的过程，就像是练好拳法前，都要先学会扎马步一样。

为了制止那些令人烦恼的回忆，她走到手推车旁，把文件一叠一叠地抱出来，在桌上搁成小山，决心专注在工作上，免得自个儿再胡思乱想。

只是，她的决心，不到三秒钟就被打垮了。

一个男人推开会议室的门，大步走了进来，她狐疑地抬起头，好奇是哪个员工，也跟她一样苦命，加班到现在还没走——

是张彻一！

“我来告诉你们一声，那批货刚上了飞机。”他旁若无人地走进来，粗鲁地拉开椅子，一屁股坐进去。他的眼神凶狠，黝黑的脸庞满是胡茬，看来粗野蛮横，像个刚从监狱里逃出来的犯人。

向刚点头，飞快地思索。

“新系列的家具，能够进入量产吗？”不少消息灵通的买主，知道“宝岛小镇”将在台湾设立门市，纷纷找上门，新系列的订单像雪花一样地飘来。

“可以。”张彻一回答得简单扼要。

“杨小姐，请把订单拿过来。”向刚出声，想确认订货量与出货量的详细数据。只是，他等了半天，却不见她有任何动作。

他诧异地抬起头，却看见那个小美人儿，像是被定格似的，双眼发直、唇半开地站在桌旁，整个人一动也不动。

“你还好吗？”

没反应。

“杨小姐？”

还是没反应。

热情的视线，终于引起张彻一的注意。

“你看什么看？”他拧着浓眉，问话的口气跟往常一样粗鲁。

啊，他跟她说话了！

娃娃倒抽一口气，脸瞬间红得像熟透的番茄，她不敌那锐利的视线，连忙用手遮住小脸，无限娇羞地往外跑。

“她被吓跑了？”向刚挑眉，看着那娇小的身影消失在门后，怀疑她是胆小得无法面对张彻一，所以躲到外头去偷哭。

坐在一旁的凌云，露出高深莫测的笑。

“不是。”他淡淡地说道，注视着那扇门，修长的手指有一下没一下地在桌上轻敲。

三分四十二秒后，门再度被推开了，娃娃轻盈曼妙地走进来，那优雅的步伐，跟先前离开时的慌忙截然不同。

她的装扮也不同了！

短短的几分钟之间，她像变魔术似的，从标致女职员，变身为性感小野猫，圆亮的眼勾画得妩媚动人，就连合身的套装，也换成细肩带的绕颈洋装，露出浑圆香肩，更勾勒出她柔软的腰，纤细的脚踝上，还系着诱人的银链。

还好其他的职员们，都已经下班离去，否则要是看见她这身火辣美艳的装扮，肯定要追在她身后，猛喷鼻血不可。

金边眼镜后的黑眸，很缓慢、很缓慢地，将她这身崭新的“战斗装备”，仔细打量一遍。

幽暗的目光，最后落在那张热切的小脸上。

好啊，这个小女人也太厚此薄彼了些，为他加班时，都是素净着脸，顶多是抹些淡淡的唇蜜。等到张彻一出现，她就态度突变，粉底、口红、眼影跟颊彩等，全都装点得完美无瑕，无一缺漏。

在男人们的注视下，娃娃莲步轻移走上前，用那羞涩的表情，以及如痴如醉的眼神，注视着张彻一。

“张先生，晚安。”那个娇甜的声音，变得很害羞。“要来杯咖啡吗？”还是要我？她在心里默默补上一句，却没有胆子说出口。

冰冷的黑眸望着她。

“摩卡、焦糖还是卡布奇诺？”她继续追问，比咖啡店的服务员更殷勤。

“公司里的那台咖啡机，可变不出这么多花样。”凌云的眼神跟声音里含着笑意，修长的手指规律地轻敲桌面。

“楼下有二十四小时营业的连锁咖啡店，我可以下楼去帮张先生买。”她强调地猛点头，“我搭电梯上下楼，花不了多少时间的！”

坐在一旁的向刚，总算看出，眼前的这个美女，是爱上了野兽，娃娃竟是对张彻一情有独钟。她先前再三询问，想探知张彻一的行踪，不是想要躲避，而是为了追逐。

只可惜，落花有意、流水无情，张彻一对这美人儿，似乎是兴趣缺缺。她的“盛装打扮”以及热情举止，都没有得到什么回应，他还是酷着一张脸，根本懒得理睬她。

会议室内的气氛有些尴尬，凌云适时开口，解除了她的窘境。

"他爱喝的是蓝山咖啡。"

"噢，好，没问题！"娃娃点头如捣蒜，还扬起红唇，给他一个感激的笑容。

看在凌云如此识时务的分儿上，她暗自决定，下次他要是再说错话，或是做了什么惹火她的事情，她一定会看在他"表现良好"的分儿上，忍住不去揍他。

凌云笑意盈盈，坦然接受她的感激。他稍稍敛下眉目，遮掩黑眸中的光彩，故意忽略两位好友投来的怪异眼神。

"要加几颗糖呢？"她继续收集情报，觉得这个"军师"还算有良心，懂得适时伸出援手。

"不用。"凌云很热心地代为回答。

"需要奶精吗？"

"不用。"

嗯嗯，原来，张彻一爱喝的，是又浓又苦的黑咖啡吗？噢，果然是正港的男子汉啊！

"我这就下楼去买。"得到答案后，娃娃立刻起身，踩着细跟高跟鞋往外冲，压根儿忘了要询问老板跟经理，是不是也需要她的服务。

娇小的身子冲出会议室，直奔楼下的咖啡店，为心上人买咖啡去了，三个男人注视着她离去的背影，室内有一阵短暂的沉默。半晌之后，张彻一转过头，面无表情地看着凌云。

“我不喝咖啡。”

只要是跟他稍有交情的人，都知道他只喝浓茶。

“我知道。”凌云若无其事地微笑，“那是我要喝的。”

☆☆☆

晚间十点，咖啡店里还是人满为患。

娃娃靠在柜台旁，焦急地等着店员煮好咖啡，再倒入容器中，小心翼翼地交给她。她接过咖啡，伸手一摸，这时才发现，自己刚刚下楼时冲得太快，竟连钱包都忘了带。

还好“宝岛小镇”的员工们，时常光顾这间咖啡店，彼此都算是熟面孔了，店员亲切地建议她先把咖啡端回去，下回光顾时再一并付款。

娃娃甜笑道谢，端着咖啡转身，刚走到咖啡店的旋转门前，就看到几个男人走进电梯。

“啊，不要关，等等我啊！不要——”她急切地喊着，冲出咖啡店，却还是慢了一步，那几个人没听见她的请求，电梯门径自关闭，显示灯上的数字一路往上跳。

可恶！

娃娃低咒一声，不想浪费时间等待，干脆转身走向楼梯，用最快的速度，一口气往上冲，直奔“宝岛小镇”所在的楼层。

她的体力超群，跑个几层的楼梯，对她来说只能算是暖身操，甚至称不上是运动。在极短的时间内，她已经奔上九楼，不但脸不红、气不喘，手中那杯咖啡也没溢出半滴。

只是，当她心情愉快地推开门，却赫然发现，原本空荡荡的办公室内，出现五个不速之客。

与生俱来的敏锐，让她立刻警觉起来，猜出事有蹊跷。她眯起眼，仔细观察，发现这些人的神态都有些不对劲，带头的那个，在大热天里还穿着外套，左臂挥动时，动作有些不自然，左腰上显然是挟带了枪支。

看来，这几个人绝非善类！

那五个黑衣人，一听到门被打开的声音，神情都有些紧张，右手马上握住外套下的枪。但是，等到他们定睛一瞧，才发现走进来的，只是一个娇滴滴的小女人，五个人脸上的紧张咻咻咻地消失了，取而代之的是不怀好意的狞笑。

“真没想到，这桩闷得要死的工作，也会有余兴活动。”其中一个人紧盯着娃娃，露骨的视线像是要穿透衣服，一窥她曼妙的身段。

“去把门锁上，免得再有人闯进来。”另一个人叮嘱着，显然比较冷静。“正事要紧。先把这个女人绑起来，我们进去逮那个姓凌的。”

娃娃瞪大眼睛，一脸不可思议。

老天，她竟然遇上坏人了？！

唉啊啊，运气实在太糟糕了——

呃，不过，运气糟糕的不是她，而是这些没长眼的笨蛋，只要她一个空翻，马上就可以解决掉前头这两个；然后，她可以挥拳，先揍断左边那个的下巴，再补上一脚，快攻右边那个的胸口——

娃娃忙着拟订战略，考虑该怎么解决这些不识相的家伙，清亮的眼转啊转，观察四周的环境。只是，当她的视线瞄见，会议室里透出来的灯光时，蓄势待发的身子又软了下来。

啊，不行不行，张彻一还在会议室里头呢，她必须克制勇猛的本性，忍着不把这些人摔出去，制造英雄救美的机会才行！

主意既定，娃娃贴靠在墙壁上，努力摆出电视剧里头的绝代美女被调戏时，那种恐惧又楚楚可怜的表情。

“救命啊！”她高声叫唤，眼巴巴地看着会议室的门。“拜托，快来人啊，救命啊！”

那五个黑衣人，竟然也不怕她呼救，反倒冷笑几声，训练有素地立刻散开，一个挟持住娃娃，其余的则堵到门前，准备在最短的时间内，达成雇主的要求，绑架“宝岛小镇”的老板。

会议室的门，在众人的注视下打开，高大的背影背对着光源，看来格外庞大，有种深不可测的压力，攫住每个人的胸口，包括娃娃在内，瞬间都被震慑住。

幽暗的黑眸，闪亮得有些异常，锐利的视线先是在那张充满期待的小脸上绕了一圈，确定她非但不紧张，反倒显得兴致勃勃时，潜藏在黑眸中的戾气才悄然散去。

“几位深夜来访，是有什么指教？”淳厚温柔的声音响起，娃娃直到这个时候才发现，她的呼救没有引来张彻一，最先闻声赶来的，反倒是凌云。

“只是受人之托，想请你去度个假，暂时休息一阵子。”带头那个人阴森森地说道，掀开外套，露出腰间的枪，要凌云乖乖合作。

“看来，有人不想让你回英国。”向刚也走出来，对着那几个黑衣人挑起眉头，立刻猜出，事情跟哈洛斯百货的特展脱不了关系。

这的确是个釜底抽薪的好办法，一旦缺少最终决策者，在伦敦坐镇指挥，筹备工作将被迫延缓。到时候，只要有心人再乘机施压，展出的机会，肯定要落到其他厂商头上。

商场上的事情，娃娃可没心思理会，她瞪大亮晶晶的眼睛，努力在凌云身后搜寻，期待能看见那高大威猛的身影。

“噢，张先生，救命啊，我好害怕啊！”她选定对象，努力求救，还踮起脚尖，探头探脑地朝会议室里猛瞧。

凌云倚靠在门框上，仍是一派游刃有余的轻松模样。

“别看了，张彻一已经走了。”

“走了？”她先是一愣，接着沮丧得手脚发软，然后又开始气急败坏地猛跺脚。“你怎么不拦住他？”他是什么时候离开的？她买咖啡的时候吗？

“他有工作要做。另外，你的‘练习’量也不够。”凌云意味深长地说道，伸手轻点着嘴，无声地提醒她，黑眸闪亮得像是两把火炬。

向刚好奇地追问。

“练习什么？”

“没什么没什么！”娃娃脸涨得通红，很用力地摇头，就怕凌云会泄露“练习”的内容。她凶巴巴地瞪了他一眼，怀疑这个绣花枕头，哪来这么大的胆子，居然敢当众提起——提起——提起那个吻——

等在一旁的黑衣人，显然对他们的对话不感兴趣。

“车子就等在楼下，请凌先生别为难我们，乖乖跟我们走。”带头的那个露出不耐烦的表情。

“是啊，快把工作做完，我好找个地方，跟这小美人儿聊聊。”另一个黑衣人涎着脸淫笑，还毛手毛脚地摸上她柔软的腰，甚至凑上前来，妄想一亲芳泽。

沮丧与怒气，在她脑子里乱串，她正愁着没有地方可以发泄，这个不知死活的笨蛋，刚好自己送上门来找死!

娃娃眯起眼，不动声色地抬起小手，顺势把咖啡泼了出去。

热腾腾的液体在空中划出弧线，准确地洒落在“标的物”上，淋得对方一头一脸，那人被烫得哇哇大叫，头脸脖子立刻变得红通通的，也不知道是被烫红，还是因为恼怒而气红的。

他没想到这个小女人竟敢反抗，气得几乎抓狂，狞着脸要来抓她，“臭婊子，我非把你撕了！”

娃娃哼了一声，一个踮步转身，瞄准他的腹部，狠狠地踢下去。

砰!

一声巨大的声音响起，那个倒霉家伙惨叫出声，随即向后飞出去，重重地撞上墙壁，扭曲的五官在墙壁上贴平，再慢慢地、慢慢地滑落地面。

前一秒还狰狞凶恶的歹徒，转眼就成了一团烂泥，只能瘫在地上，像垂死的蟑螂般抽搐，还发出要死不活的呻吟。

“以后嘴巴记得放干净点。”娃娃警告着，察觉脚上有些不对劲，低头一瞄，陡然花容失色。“啊，我的鞋子！”她连忙脱下高跟鞋，对着断折的鞋跟呻吟，小脸上满是懊恼。

“只要你先替我收拾这些人，这双鞋子的损失，就记在公司账上。”凌云提出建议，仍是那副似笑非笑的模样，这些黑衣人的出现，似乎对他不造成威胁，他眼里有着警戒，却没有紧张。

不过，这个提议显然让黑衣人们很不悦。

“妈的，少看不起人！”带头的那个吼道，认为凌云是在侮辱他们。他拔出腰间的枪，指向凌云，还想要绑了这头肥羊去换钱。

“站住！”

一声娇叱，在他耳后很近的地方。

他回头一看，赫然发现原本远在几米外的娃娃，竟然瞬间逼近，一只小手甚至已经搭上他的肩膀，顿时吓得魂飞魄散。

下一瞬间，他已经被摔出去，枪却还留在娃娃的手上。

这个女人看来这么细致美丽，像尊瓷娃娃似的，那娇娇软软的模样，像是风大一些，就会被吹上天。他做梦都想不到，她居然是个练家子，身手跟体能都好得吓人，比他们这些在刀口上讨生活的人还厉害。

剩下的三个互瞄一眼，迟疑了一会儿，还是敌不过贪欲，只能硬着头皮往凌云扑去。

娃娃探手一抓，猛然把凌云拉到身后，确定他安全无虞后，再连挥几拳，砰砰砰砰就把那几个人打得趴下。

那高大的身躯顺势黏上她的背，热烫的男性肌肤，隔着几层薄薄的衣料，紧贴上她的身子，那双手还放肆地圈住她的腰，陌生又熟悉的男性气息，将她笼罩在其中。

“啊，让开点，不要碍手碍脚！”她不自在地闪躲，却甩不开他的拥抱，环绕在腰间的手臂，软似棉、韧似钢，用的力道恰到好处，没有弄疼她，却也让她无法挣脱。

那两个人又爬了起来，她无暇多想，挥手又是两拳出去。

“我不敢离开你的身边。”凌云紧黏着她，不但拒绝分开，反倒贴缠得更紧，用体温熨烫她软嫩的肌肤。

她翻翻白眼。

“好啦，我知道我知道，你怕痛，对吧？”

原来，这股让她摆脱不了的力道，是源于他的求生本能？唉，这家伙也太没胆子了吧？

不过，虽然多了这么大块的“牛皮糖”，行动遭到限制，但是她身手了得，对付这些三脚猫，只凭双手就绰绰有余了，根本用不到下盘功夫。

就听到惨叫声与碰撞声不绝于耳，短短一分钟之内，有两个家伙已经不堪重击，颤抖地倒下装死，免得继续讨皮疼。

“就剩下你了。”她揪住最后一个倒霉鬼的领口，准备赏他一拳，为今晚的打斗做个结束。

“够了，住手吧！”

凌云突然开口，伸出粗糙的指，勾绕着一绺垂落在她额上、因打斗而散乱的发丝，那悠闲的态度，跟四周哀号遍野的景况，形成了强烈的对比。

“怎么，你还有什么毛病？看到血会害怕啊？”娃娃先拍掉他的手，再呼一口气，吹开眼前的那绺发。

“只要不是我的血，我就不会怕。”

他慢条斯理地回答，察觉到她的身子信赖地贴靠着他，知道她这老早被锻炼出的本能反应，只要旁人一碰，就要动手摔人的身体，终于对他的死缠烂打投降，逐渐接受他的碰触。

她的身体，比她的意识，更早接纳了他。

凌云无声地勾唇浅笑，庆幸她没有回头。否则，要是让她瞧见了他这时的表情，就算她再迟钝，也会幡然醒悟，知道他紧贴着她，并不是因为贪生怕死，而是贪恋她柔软的身子，想趁这难得的机会，揩些嫩豆腐来尝尝——

娃娃正忙着对歹徒怒目而视，根本没想到要回头。

“既然不怕，干吗还阻拦我？”她没好气地问。

“我只是想请你手下留情，免得闹出人命，传出去对公司名声不利。”他握拢住她的拳，敛住她勃发的斗气，“再说，总要留下一个清醒的，才好尽快追查出，是谁在幕后搞鬼。”

角落传来清脆的掌声，向刚情不自禁地鼓掌，眼里充满钦佩。

“实在是太精彩了，看来，公司不用请保安了。”他的讶异，可不下于那些黑衣人。娃娃的身手让他大开眼界，从头到尾只能在一旁观战，眼睁睁看着她大显神威，根本没有出手的余地。

“经理，在张彻一面前，请你特别保密。”她不忘出声叮咛。

“我会的。”向刚低下头，看着那些奄奄一息的家伙，怀疑自己要是胆敢拒绝，下场就会跟那些人一样。

“谢了。”娃娃扬声说道，回头瞪了凌云一眼，“喂，没事了，你总可以松手了吧？我可还要问话，没时间跟你黏在一起取暖。”她从四个哥哥那里，可学会不少“特殊方法”，绝对能让这些人乖乖吐实。

找“宝岛小镇”的麻烦，就是找张彻一的麻烦，她准备揪出那个幕后黑手，再施展功夫，把对方也修理得金光闪闪。

凌云微笑着，宽厚的掌轻巧地滑过她的腰，高大的身躯站开一步，这才离开她的身旁，不再跟她紧紧相依。

不知道是不是因为贴得太紧也太久了些，失去了他的体温，让娃娃肩头一颤，突然觉得有些冷。

她狐疑地蹙起柳眉，决定归咎于衣衫太过单薄，或是冷气太强，才让她下意识地寻找暖源。有那么一瞬间，她竟想伸出手，再把他拉回来，重温他圈抱着她时，那种暖和舒服的感觉——

歹徒们的呻吟，唤回了娃娃的神智，她赫然发现，自个儿竟然真的已经伸出手，指尖只差几厘米，就要碰上凌云的胸口。她蓦地粉脸一红，连忙缩回小手，改而揪起歹徒们，关进会议室里逼供去了。

“你早就知道，她有这种‘特殊技能’？”向刚目送着她一手拎着两个，另一手拖着三个，还能行动自如，轻盈地走进会议室“收拾残局”，心里的敬佩瞬间又往上三级跳。

“是的。”

向刚双手交叠，打量着好友。

“原来，你不是没有‘食欲’啊！”他慢吞吞地开口。

刚刚那一幕，已经让他窥见太多秘密。他也是聪明绝顶的人物，自然很快就看出，好友对娃娃的态度异乎寻常。

凌云立刻明白。

“不，我只是非常非常地‘挑食’。”他微笑着，向来斯文的笑容，此刻变得有些狡诈。

旁人都以为，他是个百分之百的好人，只有极少数的人知道，那斯文的态度只是表象，真正的他其实深藏不露、精明入骨。在某些时候，甚至是为达目的不择手段的——

向刚挑眉。

“但是，她不是心有所属了吗？”

幽暗的黑眸，注视着会议室的那扇门。凌云用轻柔，却也坚定的声音宣布。

“放心吧，我会尽快修正这个错误的。”

第五章 | Chapter 05

窗户外头是璀璨的夜景，像是打翻了的宝石箱，空中小姐开始走动，关照旅客们的需求，机长用英文广播，告知这趟行程的终点，以及所需的飞行时间。

娃娃坐在靠窗的位子，小手撑着下巴，水汪汪的眼注视着窗外，欣赏外头的夜景。

坐在她身旁的凌云，从上飞机后就沉默不语。

他微仰着头，正在闭目养神，双臂搁在两旁，长腿则在脚踝处交叠，姿态轻松得像是坐在自家客厅里。

既然协议尚未失效，她也尚未“促销成功”，凌云很坚持，只要她待在这个职位上一天，就得恪尽职守，不可以有半点的怠惰。如今，他因为特展将至，必须千里迢迢地飞往伦敦，亲自处理特展的诸多事宜，自然就缺不了她随行。

这一次，不用凌云开口，她就迅速办妥护照，拎着行囊，乖乖跟着他出国。

最主要的原因，还是为了她的心上人。

先前那几个被扁得鼻青脸肿的打手，在娃娃的亲自审问下，根本不敢有所隐瞒，争先恐后地说出，是有人送来一笔为数不小的现金，要他们绑架凌云，阻碍“宝岛小镇”的特展。

太过分了，那些参展的作品，可都是张彻一的心血呢！

为了确保心上人的作品，能够顺利地展出，她跟哥哥们调来不少精密仪器，准备亲自出马，加强展览场的保全系统。

因为“家学渊源”，在哥哥们的耳濡目染下，她对保全这一行的种种技巧可谓了如指掌，不论是制伏匪徒，还是安装保全系统，全都难不倒她。要不是为了张彻一，她肯定不会进入“宝岛小镇”，而是留在“杨氏保全”里工作。

现在，既然逼得她出马，那些王八羔子就要倒大霉了，她一定要把他们揪出来，然后——

懒洋洋的声音从耳畔飘来。

“你快把那本杂志捏烂了。”凌云的薄唇半扬，才经过几十分钟的小睡，眉宇间的些许倦意就已经消退无踪。

娃娃回过神来，这才发现自己想得太过入神，竟把杂志当成恶徒的脖子，激动地又拧又扭，精美的杂志当场被她捏得皱巴巴的。

她松开手，让杂志掉回膝盖上，转头开始追问身旁的男人。

“你知不知道，到底是谁在幕后搞鬼？”她瞪大眼，注视着凌云。

金边眼镜后的视线，先是回望着那双清澈的水眸，再缓缓地下移，从她小巧的鼻，挪移至她红嫩的唇，欣赏她美丽的轮廓。

“这次参加竞争的厂商超过一百家，光是股东总数，保守估计也有上千人，要是再加上他们的员工——”

“够了够了，我明白你的意思了！”她伸出手，制止他继续说下去，“愿意出钱，雇用打手绑架你的人，多得数不清，是吧？”

“商场如战场，每个人做生意的手段都不同。”凌云含蓄地回答，略去这些年来，曾经见识过的行径不提，多知道那些事情，只会让这脾气火爆的小女人听了更加气愤。

娃娃叹了一口气，明白线索有限，嫌疑犯却多得像天上的星星，暂时还找不出幕后黑手，只能静观其变，在筹备特展的这段时间，等着对方再度出手。

没关系，只要她多点耐心，总能等到对方露出狐狸尾巴的！

“话说回来，你的胆子也不小，明明知道有危险，却还坚持要去英国。”她有些挖苦地说，想起那一晚的惊险情况，怀疑要不是自己在场，凌云是不是能够全身而退。

“有你在我身旁，我还需要担心什么？”他注视着她的一举一动，声音柔软得像丝，对她的挖苦照单全收。“你可以贴身保护我。”

对了，她到这时候才想到，这个绣花枕头的安全也是她的“管辖范围”，要是凌云有个三长两短，特展同样开不成！

“我的工作又增加了？”她嘟起红唇，怀疑这个世界上，还有哪个特别助理像她这么苦命，除了处理那些像山一样高的文件，还得兼任贴身保镖，确保老板不会被绑架。

凌云浅浅一笑。

“我不会亏待你的。”

“除了加薪之外，也别忘了我跟张彻一的事。”她特别强调。

金边眼镜后的黑眸，稍稍垂敛下来，让人看不清其中闪烁的光芒。

“我没有忘记过。”

她满意地点点头，翻开皱巴巴的杂志，开始研究当季流行的彩妆，钻研化妆技巧。他也不吵她，拿出随身的公事包，抽出一叠文件，又在做他那永远做不完的工作。

夜色愈来愈浓，飞机平稳地飞行，城市的灯火老早就被抛在后头，窗外只剩下黑漆漆的一片。许多旅客都熄了头上的阅读灯，一一进入梦乡。

把手上的杂志反复看了数遍后，她也开始昏昏欲睡，索性收起杂志，闭上眼开始睡觉。

只是，商务舱的位子虽然较为宽敞，但是到底不比自家的床铺，她睡得好不舒服，不断地左挪右挪，还是找不到舒适的姿势，睡不到一会儿就觉得肩颈酸痛。

更多的阅读灯熄灭，似乎所有人都睡了。

商务舱内的灯光愈来愈暗，她在第无数次地翻身时，蒙眬地睁开眼睛，却发现身旁的凌云，还在埋头审阅这次特展的海报设计。

似乎是察觉到她的视线，他突然抬起头，对她露出惯常的神情，嘴角仍是那似笑非笑的弧度。

“才刚过午夜。”他的声音很轻。

“嗯。”

她回给他软软的单音，意识只清醒了两成，还有八成留在梦境里。

“会冷吗？”淳厚的嗓音问道。

她的眼睫颤动，软绵绵地闭上眼睛，不知道自己有没有点头，耳边只听到衣料摩擦的声音，接着周身一暖，温热的衣料就覆盖上她的肌肤，仔细包裹住她半裸的肩，阻绝了冷气的吹拂。

娃娃挣扎着再睁开眼睛，却看见凌云脱下外套，轻轻地为她盖上，外套里残留的暖暖体温，让她舒服得想叹气。

这趟出远门，她穿着美丽却单薄的米色套装，御寒的衣物都放在行李箱里，这会儿根本拿不到。倒是他常搭飞机，习惯在英国与台湾之间飞来飞去，多准备了一件外套，刚好在这时派上用场。

唔，记小功一件，她可以因为他的“捐献”，原谅他先前的没用。

“靠在我肩上睡吧！”凌云一边说着，已经伸出大手，轻按那颗小脑袋，把她搁置在肩上，让她能睡得舒服些。

娃娃虽然睡得迷迷糊糊，也知道这个动作太过亲昵，她张开嘴想要抗议，男性的指掌却溜上她的颈，精确地揉开那束紧绷的肌肉，减轻她的酸痛，让她全身都软了下来。

“嘘，”他的声音轻轻的，像是有着催眠的力量，“睡吧！”

真的好舒服啊——

外套里的暖度，以及肩颈处传来的舒适，终于将她彻底打败。温暖让她的身体放松、骨头酥软，而这个姿势，远比先前每一个姿势都舒服。她克服心理的不自在，决定顺从本能，好好地利用他。

好吧，再记一次大功！

为了奖励他的“乖巧”，自愿当她的枕头，下次要是再遇上坏人，她一定还会出手救他，甚至还可以找时间，先教他几招有用的保命招式——

凌云默默地注视着她，直到她昏然睡去，再度坠入梦乡。

他单手取下眼镜，尽量不惊动肩上的小女人，幽暗的视线，在昏黄的灯光下徘徊，始终没有从她娇美的睡容上移开。

他见过比她更美的女人，却很难解释的，就是对她特别注意。

首先，是她的“有趣”吸引了他。她让他忍不住想微笑。

接着，就是她那直率的性格，稍被撩拨，就像小刺猬般竖起尖刺，惹得他欲罢不能，再三地逗弄她。不论周遭发生任何事情，他的视线总会先落到她身上，好奇她会有什么反应。

她似乎以为，旁人对她的注目，都是因为那张美丽的容貌，但是他所注意的，却是她藏也藏不了的本能反应，有时粗鲁，有时优雅，有时可爱，有时暴躁，各种矛盾在她身上，糅合成奇异的魅力。

在他看着她的时候，有某种温度，会慢慢地流过他从未轻易开启的心。

一直以来，凌云始终是温和却又深沉的。他内敛得像结冰的湖，看起来平静光滑，但是随时可能让人一脚踩空，潜藏在温和的面具下的，是远比旁人严苛的冷静疏远。

但是这个小女人，就是对了他的脾胃，像是老天特地为他准备的一道盛宴。

他品尝过她生涩的吻，拥抱过她柔软的腰，但却没有因此餍足，体内的饥渴反倒愈烧愈烈，他想要更多更多——

搁置在她颈间按摩的大手，悄悄挪移到她的小脸上，带着薄茧的指尖，轻轻刷过她软嫩的颊、红润的唇，以及长长的眼睫。

"唔——"流连在肌肤上的抚触，带来如蝴蝶羽翼扑拍般的酥痒，让她在梦里发出无意识的轻吟。

她本能地躲避着，小脸窝靠在他的颈边，像只贪睡的小猫般轻轻摩擦，汲取那陌生又熟悉的好闻气味。

凌云的眼光变得柔和，那不是平日伪装的情绪，而是货真价实的温柔。他缓缓地低头，与她耳鬓厮磨，薄唇靠在她的耳畔，无声地低语。

"小胖，我不打算放你走了。"

☆☆☆

夏季的伦敦，比台北凉爽许多。

这里是大英帝国的首都，拥有傲人的文化与历史，街道的两旁，到处都可以看到年纪比她大上好几倍的古老建筑。

娃娃跟着凌云走出机场，外头早有专人等候。那个头发灰白的中年人，穿着正式的西装，还戴着白手套，从服装到态度都一丝不苟，站在车旁的姿态，简直像一尊雕像。

看见他们到达，雕像瞬间活了过来，还恭敬地为他们打开车门。

“没想到你在这儿居然还有专人伺候。”娃娃坐进车子里，为里头的奢华设备咋舌。车子里空间宽敞，甚至能让她舒舒服服地伸懒腰，舒展因为长程飞行而僵硬的四肢。

“这是贝理的兴趣，他有贵族血统，特别讲究排场。”凌云淡然一笑，敲敲跟驾驶座相邻的那片厚玻璃，示意司机开车。

虽说贝理有着贵族的头衔，但是沉重的遗产税，也压得他喘不过气来。还好他眼光一流，看出“宝岛小镇”的发展性，抢在第一时间跟凌云等人合伙，靠着长袖善舞的本事，赚饱了荷包，才能负担他贵族的排场。

“宝岛小镇”的作品极为优秀，但是强龙难压地头蛇，创立的初期，也吃过不少闷亏，幸亏贝理的家世显赫，只要报出那串又臭又长的名字，就可以唬倒不少人。

车子在浓雾中前进，经过那座被儿童们传唱多年，却从来没有垮下来的伦敦铁桥，转入繁华的市区，再过一会儿，就在一栋古老的大楼前停下。头发灰白的中年人，又用那一丝不苟的动作，为他们打开车门。

不同于台北办公处的简洁，“宝岛小镇”在伦敦的总部，在贝理的坚持下，装潢得奢华无比，几件手工家具像艺术品般，被放置在角落供人欣赏，地上则铺着厚厚的织毯。

几个员工看见凌云到来，只是礼貌地打个招呼，立刻又埋首于工作，个个神情紧张，都为即将来到的特展忙得晕头转向，那种紧绷的气氛，简直像是即将面临大战的军队。

娃娃左顾右盼了一会儿，看见几个曾经在视讯会议上见过的主管，那几个人瞧见她，神情都有些错愕，像是没有预料到，凌云竟会带着她来伦敦。

其中有一个，原本捧着满怀的东西，看见她的时候，还立刻吓得松手，文件啦，目录啦，海报啦，瞬间掉了一地。

至于那个讲究排场的贝理，则是独自关在一个房间里，比凌云这个老板还要大牌。他坐在黑檀木桌后头，身旁还有两个仆人，仔细伺候着他。

听见开门的声音，贝理连头也不抬，手上正握着蘸墨的鹅毛笔，签署一份文件。

“终于到了吗？太好了！”他把文件交给左边那个仆人，右手伸了出去，接下热腾腾的咖啡，“你来看看，我刚刚争取到不错的条件，哈洛斯那边说了，只要我们——”看见娃娃的时候，他也傻住了。

凌云拒绝了仆人送上的咖啡，拿起那份文件审阅，金边眼镜后的目光一改平日的温和，专注得有些严厉。

“他们答应在下次楼层规划时，给我们更大平数的卖场？”他问。

贝理僵硬地点头，蓝色的眼珠子还是盯着娃娃不放。

这几年来的“训练”，让她早已习惯男人的视线，她优雅地坐下，眨着漂亮的眼，保持最甜美的微笑。

“你怎么把她带来了？”贝理终于开口发问。

“她是我的特别助理。”

“我知道，她常在视讯会议时打瞌睡。”他清清喉咙，改用中文说话，“小姐，你不该来这里的。”他对着娃娃猛摇头。

“你可以用英文说话，我听得懂。”比较起来，贝理那一口腔调浓重的中文，反而更让人听得一头雾水，“请问，你是不满意我的工作能力？”她单刀直入地问。

是不是她爱打瞌睡的形象深植人心，所以总部的员工们，全都认为她工作不力？但是，那也不能怪她啊，伦敦跟台北有时差，凌云坚持每晚都在三更半夜开会，谁受得了？

“没有。”贝理夸张地叹了一口气，“我不满意的是你的性别。”他指控地说道。

“噢——”她把尾音拖得长长的，“你不喜欢女人吗？”

她用一种恍然大悟的表情，先看看金发碧眼的贝理，再掉转视线，注视着凌云——

唔，这两个男人，他们会不会——

贝理推翻她的猜想。

“当然不是，我爱她们。”他立刻反驳，搁下手里的瓷杯，“我的意思是，这里的情况有些棘手，你又跑来搅和，只会拖累凌云。”

因为凌云的性格使然，“宝岛小镇”做起生意虽然正派，却也强硬得很，他说一是一，说二是二，容不下任何转圜的余地，要是有人恶意挑衅，他反倒更乐于接受挑战。

对手们在台面上胜不了他，于是就转为在台面下动手脚，这阵子公司里收到的威胁信，简直多到可以拿出去卖了，里头的用词，一封比一封狠毒。

既然台湾会出事，伦敦一定就更危险，凌云自己前来，就已经够冒险了，现在连这个娇滴滴的小女人都带来，难道是想让她成为靶子吗?

贝理愈想愈不明白，只能自顾自地摇头，不敢相信从来冷静自制的凌云，竟也会被爱情冲昏头。

不过，话说回来，这个小女人的美丽，的确让人眼睛一亮，即使不说话，只是站在那儿，就已让人赏心悦目。他眯起蓝眸，打量那娇小的身影，不由得佩服凌云的眼光绝佳。

几乎每个西方男人，都对东方女人有特别的幻想，贝理也不例外，他总觉得她们个个都温柔婉约，笑得好羞怯，特别惹人怜爱——

如今，“温柔婉约”的娃娃，正捏紧了拳头，考虑要不要走上来，当场赏他一个过肩摔。

这个男人刚刚说了什么？她会拖累凌云？拜托，谁拖累谁还不知道呢！要不是靠她，这个绣花枕头肯定老早就被人绑走了！

凌云坐在旁边，一手撑着下颚，视线老早就从文件上挪开，正在欣赏那张小脸上变换万千的可爱表情。

“露一手给他看看。”他提议道。

“为什么？”

“我不希望你蒙受委屈。”他说得理所当然，轻易猜出她的想法，听到贝理的说法，肯定让她觉得气愤难平，“他说不定会告诉所有人，你在拖累我。”他特别强调那两个字。

“算了。”她慢慢地吐出这两个字，捏紧拳头，抗拒这个诱人的提议，“我想要保密。”凌云知道了，向刚也知道了，愈来愈多人知道她的秘密了，她实在担心，事情能隐瞒到什么时候。

贝理听得一头雾水，却没有多问，只当他们说的，是情人间的私房话。他抽出口袋的手绢，轻挥了几下，一个仆人恭敬地上前，等候他指示。

“去买机票，订最近的一班飞机，立刻送她回台湾去。”他希望她马上离开，不要逗留，免得让那些潜藏在暗处，心怀不轨的家伙发现后，会把歪脑筋动到她身上。

只是，这个充满“善意”的决定，却让娃娃倒抽一口气，像是接到挑战书般，气愤得头顶冒烟。

这个英国男人，居然要她再搭十几个小时的飞机回去？在她刚到伦敦的现在？在她还没到达下榻处、还没有做彻底保养，滋润因为长途旅行而干燥的皮肤的现在？

休想！

一看见那双眼喷出怒火，经验丰富的凌云立刻闪避，迅速寻找掩护。

毫不犹豫地，娃娃站定脚步，起脚就是一个侧踢。距离她身旁一米左右，那个精致古典的台灯首先遭殃，凌空飞了出去，接着她又踮步转身，在贝理与仆人们惊愕的注视下，踹飞另一旁的骨瓷花瓶。

哗啦哗啦！

台灯跟花瓶，全飞到房间的另一头。台灯摔得七零八落，灯罩与灯柱当场分尸，至于花瓶则是碎得很彻底，瓷片散得到处都是。

两个仆人全身僵硬，一动也不动地待在原地，他们双眼发直、嘴半开，大受打击地看着那些碎片，像是忘了要呼吸。

贝理的脸色变得比雪还白，那双蓝如汪洋的眼珠子，先是看着满地的碎片，接着慢慢地转向娃娃，然后，再转回那些碎片上，他的动作缓慢得像电力即将耗尽的机器人。

一会儿之后，他的身体剧烈颤抖，嘴里发出一声干号，仪态全失地扑向那些碎片。

“怎么会这样——怎么会这样——呜呜呜——”他泪眼汪汪地哭叫，双手捧着碎片，蹲在地上开始玩拼图。

“看清楚了吗？还是需要我再示范一次？”娃娃双手抚平裙子上的些许绉痕，又恢复成“温柔婉约”的小女人，“放心，我不会拖累任何人的。”她强调着。

“呜呜——”

贝理还在哭，根本不想理她。他用颤抖的手收集碎片，眼泪乱喷，嘴里还喃喃自语，不断跟祖宗八代道歉。

“我想，无论你现在说什么，他都听不进去了。”躲在厚重窗帘后的凌云，慢条斯理地走出来。他坐回原来的位子，拿起电话，准备联络在会场布置的员工们，探问最新的进度。

“啊？”

他对她微笑。

“你刚刚踢破的那个花瓶，是他的传家之宝。”

第六章 | Chapter 06

他们下榻的地方，是在哈洛斯百货几条街外的饭店。

这间饭店是七层楼高的褐红色砖造建筑，雅致幽静，没有半点豪华的气息，从外观看来，简直像是某间私人公寓。

直到进入饭店，娃娃才觉得眼睛一亮。

不同于外表的朴素，里头的装潢显得金碧辉煌，地上铺着红色丝绒的地毯，通往二楼大厅的，是宽敞的白色大理石扶梯。服务生面带微笑，无声无息地走动，体贴地提供服务。

饭店内的奢华气氛，让娃娃咋舌不已，各种华丽的摆设，让她眼花缭乱。当服务生领着他们，走进准备好的房间时，她更是讶异得猛眨眼睛。

“‘我们’要住在这里？”她回过头，怀疑地看着凌云，他却若无其事地拉开领带，顺手解开衬衫上的扣子。

"没错。"他垂下眼睫，遮掩眸里的笑意。

娃娃先揉揉眼睛，在房内绕了一圈，走进卧房察看摆设，花了几分钟确定自己的猜测。最后，她"调查"完毕，咚咚咚地冲回客厅，小手插在腰间，气恼地看着他。

"这间可是蜜月套房啊！"她叹了一口气，怀疑是贝理伤心过度，所以订错房间，竟让他们住进蜜月套房里。

房内充满浪漫的气氛，粉红色的玫瑰摆满每一个角落，卧房内的那张大床，铺着软软的粉红色的丝绸，床上还有着心形抱枕，跟一张用缎带绑着，敬祝新婚愉快的精美卡片。

这间蜜月套房大得很，除了卧室，还有客厅与起居室，客厅里甚至还有壁炉。因为时值夏季，壁炉里没有跳跃的火焰，而是搁着一束玫瑰，当作是装饰。

"贝理为我们订妥的，就是这间房。"他淡淡地宣布。

她叫了出来。

"我不——"

那个"要"字还没出口，他就举起手，制止她的发言。

"先别抗议。"他轻声细语，像在教导不乖的小孩。"现在是观光旺季，饭店内早就客满了，这个房间还是他用尽关系，才替我们订来的。"凌云径自脱下衬衫，挂进衣柜里，裸着上身就在房内走动。

那精壮结实的体魄，让她突然胸口一堵，有些呼吸困难，连心跳都开始加快。

比起上次的“全套演出”，这次他至少还穿着长裤，没有全部脱光，但是那宽阔的肩膀，却让她清楚地回想起，自己在飞机上是怎么“利用”他的。

凌云的肩膀，枕靠起来好舒服好舒服，长达几个小时里，她就是靠在他的肩上，感受他身上传来的热力——

粉嫩的脸，浮现嫣红的色泽。她踱步走到窗边，在一张丝绒沙发上坐下，看着窗外熙来攘往的人潮，就是不去看他。

“没有其他房间了吗？”她握着拳头，用怀疑的口气问道。

凌云在她身后弯唇浅笑，笑容里有丝微乎其微的邪气。

“其他的饭店里，应该还有空的房间。但是，那些饭店大多在市郊，离这里很远。”他走到窗户旁，拉开厚重的窗帘，指着不远处的华丽建筑。“那栋建筑就是哈洛斯百货，筹备特展的这段时间，我们三不五时就要往那里跑，住在这间饭店，可以省去不少时间。”

“难道，就没有其他地方可以住了吗？”她不死心地追问，还是没有看他，却敏感地闻见，一股干爽好闻的男性气息，随着他的接近，悄悄包围了她。

那股气息，在飞机上让她放松，睡得很舒服，此刻却让她不由自主地紧绷起来。

凌云站在她身旁，没有触碰她，反倒将双手环抱在胸前，居高临下地俯视她，耐心地为她解释。

“我们本来可以借住在贝理的家里。但是，为了保护传家之宝，他愿意支付饭店的费用，求你乖乖留在这里，不要接近他的家。”

娃娃蹙起眉头，神情仍然充满犹豫，她伸出一根手指，轻抚椅背上的丝绒布面，视线在屋内绕啊绕，还在努力考虑，是不是该搬出这间饭店。

他的双眼略微一眯，表情却没有任何改变，嘴角维持着亲切温和的微笑。他稍微弯下腰，把俊脸凑到她的眼前。

“卧房里那张床就让给你，我另外找张床，睡在客厅里就行了。”他用最诚恳的口吻劝说，然后又补上一句，“难道，你不放心跟我共处一室？”他似笑非笑地问，知道这招激将法用在她身上，可说是屡试不爽，绝对管用。

果然，娃娃像是被针刺着似的，整个人跳起来。

“不放心？有什么状况是我应付不来的，我会不放心？”她恼怒地瞪着他，好强的本性，让她忘了谨慎。

“是吗？我还以为你不敢留下来。”他抛出饵。

她上钩了！

“谁说我不敢的？”

“很好，”凌云无限轻柔地说，敛下视线，慢吞吞地离开窗边，“那我就请人把床送上来。”

"随便你。"她耸耸肩，拎起随身的小包包，转身往卧房里头走，懒得再跟他客气，索性大方地接受他的退让。

长程的飞行，以及两地的时差问题，让她也有些吃不消。她迫不及待想卸去淡妆，再好好泡个澡，倒出所有的保养品，呵护她干燥紧绷的肌肤，然后缩进那张软绵绵的大床，奢侈地休息几个小时。

凌云目送着她离开，直到她消失在卧室的房门后，才缓缓跨步，走到沙发旁坐下。宽厚的掌搁在丝绒上，感受她残留的温度，粗糙的指尖滑过丝绒，那轻柔的动作，像是在抚摩着她的肌肤——

高大的身躯紧绷着，衣衫下的肌肉，因为费力的克制，甚至有些轻微颤抖。

表面上看来，他的表情一如往常平淡，只有黑眸中满溢的笑意，泄露他真实的情绪。没有人知道，他正在努力克制放声大笑的冲动。

☆☆☆

玫瑰的芬芳气息，充斥在每一个角落。

沐浴精里添加了昂贵的玫瑰精油，润泽她每一寸肌肤，也染得她全身香喷喷的。娃娃慵懒地滑进浴池，舒服地伸了个懒腰。

温热的浴水荡漾着，泡沫沿着粉肩，一路往下滑，裹住她胸前挺起的浑圆，娇嫩的粉红色花蕾在泡沫中若隐若现，她眯起眼睛，顽皮地吹了一口气，把泡沫吹得到处都是。

英国人果然懂得享受，这间浴室比她在台湾的房间还要大，设备虽然不是最先进的，却绝对是最奢侈的。

更重要的是，娃娃惊喜地发现，自个儿带来的那些保养品，全都派不上用场。饭店体贴入微，老早将各式各样未开封的保养品，摆满了盥洗台，任凭女客人取用。

就算是先前，她心里还有一些迟疑，这会儿也全都烟消云散，她被这些保养品彻底“收买”了。

这里简直是女人的天堂啊，哪个女人舍得离开这里？噢，为了这些保养品、为了这些美好的享受，她愿意“委屈”一点，忍受少许的不方便，跟凌云共处一室。

再说，这段时间以来，她也常在他的公寓里走动，什么该看的、不该看的，他都大大方方地让她看光光了！要害羞也不必等到这会儿才害羞吧？

直到温水渐渐变凉，娃娃才慵懒地起身，抓起大毛巾擦干身子，仔细抹上保养品，然后穿上厚软的浴袍，轻盈地走回卧室。

她抓起两个心形抱枕，正想丢到地上去，却突然发现，大床的旁边竟然多出另一张床。

服务生动作迅速，趁着她洗澡的时候，已经送了一张床进来。问题是，这张床没有按照凌云的“口头承诺”，乖乖放在客厅里，反倒是搬进卧房，大剌剌地并排在她的床畔。

娃娃低咒一声，想也不想地跳下床，挽起浴袍的袖子，站在床头，扎好马步，然后气沉丹田，双掌一出——

砰砰!

整张单人床以雷霆万钧的气势腾空起来，先撞开卧房的门，滑行到客厅内，再重重地撞上无辜的沙发，把沙发撞得歪斜倒地。

“你的床摆错地方了。”她推开被撞坏的房门，咚咚咚地走出来，正想开口指责凌云，却赫然发现，客厅里多了几个服务生，个个脸色发青，手脚发抖地看着她。

凌云转过头来，浓眉感兴趣地微微挑起，像是直到这一秒，才发现那张床搁错了地方。

“噢，是服务生们放错了。”他若无其事地回答，轻轻松松就把责任推给别人，黑眸里没有半分罪恶感。

尖锐的抽气声接连响起，服务生们惊恐地瞪大眼睛，不敢置信地瞪着他，虽然很想说出真相，指控他教唆犯罪，但是碍于顾客至上的信条，他们不敢辩驳，只能忍气吞声。

“呃，对不起、对不起——”领班连声道歉，连小费也不敢拿了，火速就往门口奔去，担心自己要是闪得不够快，就会像那张床一样，被这个美丽的东方小女人扔出门去。

眼看带头的都跑了，剩下的几个更是不敢久留，纷纷脚底抹油，争先恐后地夺门而出。

娃娃懊恼地看着那些人的背影，心里觉得有些愧疚。唉，小妈老是告诫她，要温柔、要优雅，她努力了数年，却只学到皮毛，遇上许多事情，还是习惯以武力解决。

她叹了一口气，转身想走回卧房，却发现站在一旁的凌云，正嘴角半勾，目不转睛地看着她。那深幽的目光，唤醒潜藏在她体内的女性直觉，她的心跳漏了半拍，本能地后退几步，小手甚至揪紧浴袍的领口，就怕被他看见什么不该看的。

不知道为什么，有的时候，他的目光总让她觉得很——很——很不自在——

“你想做什么？”她防备地问，强迫自己松手，摆开迎战的姿势。

凌云没有回答，嘴角笑意更浓，举步朝她逼近，那高大的身躯一步一步地走来，步伐沉稳得像某种动物，踩在厚厚的地毯上，没有半点的脚步声。

他的存在感，瞬间强大得难以忽视，她的呼吸加快，战斗意志全开，小手已经握成拳头，那双深邃的眼睛注视着她，某种藏在笑意下的光芒，让她头皮发麻，全身冒起鸡皮疙瘩——

在她几乎出手的前一秒，他突然停下脚步，那股庞大的力量陡然敛去。

“没什么，我只是想试试床垫。”凌云抿着唇微笑，从容地往床上一坐，用手掌拍拍床垫。“嗯，很舒服。”他下了评语。

娃娃像是泄了气的气球，整个人跟着松懈下来。有那么一瞬间，她竟然像是面对高手般，紧张得手心冒汗——

怪了！站在她面前的，明明就是一个肩不能挑、手不能提，还要一再强调自己很怕痛的软脚虾，哪里是什么高手呢？

她瞪着拳头，怀疑是时差的问题，让她的战斗直觉出了毛病，竟然瞧见他走过来，就紧张得想揍人。

“可以麻烦你高抬贵手，帮我把床搬到墙边吗？”像是要强调自己的软弱，凌云很礼貌地开口求助。

“你还坐在上头，我要怎么搬？”她松开拳头，没好气地瞟着他，再次确定一切只是自己神经过敏。这家伙根本没有危险性嘛！

“就算我坐在上头，你还是搬得动吧？”凌云不动如山，还是黏在床上，兴致盎然地看着她。

“搬是搬得动，但是很重啊！下去下去。”她扛起床的一端晃了晃，把他抖下床去，然后就抓着床的两脚，嘎吱嘎吱地拖到墙边去。“放在这里可以吧？”看见他点头后，她双手一放，地板再度发出轰然巨响，那张被搬来搬去的床，这会儿终于就“定位”了。

凌云鼓掌致意，高大的身子轻巧地靠过来。“为了感谢你的‘大力’相助，我决定再教你一招。”

“教我什么？”

“接吻。”

简单的两个字，让她全身又紧绷起来。

“我已经学过了。”她开始往后退。

凌云按住她的肩膀，笑得很诚恳，“我不是说过吗？你的练习不够。况且，我这次要教的是法国式接吻，既然来到欧洲，你一定要学这个。”他捏捏她的肩膀，缓慢地把她拉近，“别这么紧张，放松些。”

“我哪有紧张！”她大声反驳。

“嘘，记得第一课吗？别这么凶，温柔些。”那种催眠似的温柔嗓音又出现了，他扯下她头上的大毛巾，把玩她微湿的黑发，黝暗的眸子在她的小脸上游走。

这张脂粉未施的素颜，是张彻一从不曾见过的。他从不介意她的“差别待遇”，反倒很高兴，能够独占这张清秀的脸——

“你在看什么？”她不自在地问，某种跟战斗意志截然不同的灼热，充斥在她的胸口。

凌云俯视着她，双臂悄悄将她圈在怀中。

“你很美。”

任何女人都爱听甜言蜜语，连她也不例外。他的赞美，让她高兴得脸发红，欣喜的情绪流过心间，像是尝到一整杯温热的蜂蜜，甜得整个人都要融化了。

只是，不到一会儿，她又僵硬起来。

“你不是说我一点都没有变吗？”他的那句话，让她很在意呢！既然跟以前一样，又怎么会——怎么会——怎么会美呢——

“是啊，你一点都没变。”凌云的声音低沉亲昵，薄唇就靠在她的唇上，用他的呼吸缭乱她的呼吸，长臂把她圈得更近，眸光变得格外深浓。“很美。”他反复低语，像在吟诵着某种咒语。

娃娃还想问个清楚，谁知道小嘴才一张开，竟就被他牢牢地封缄，所有的疑问都被他悉数吞没。

坚实热烫的男性身躯，把她压进那张床铺。他先是舔她的唇，然后轻啃，接着就是结结实实的热吻。他的舌在她口中肆虐，先是慵懒地进出，接着节奏渐渐加强，快感与温度也跟着上扬，她全身微微颤抖，在他的唇下如痴如醉，从来不知道，连一个吻也能够如此煽情。

他挺身把她压进柔软的床垫里，热烫的部位抵住她软嫩的地方，跟他的舌尖同步爱抚她，让她几乎叫出声来。

或许是因为蜜月套房的气氛，还是那些玫瑰的香气，让她有些冲昏了头，她竟然学着他教导的方式，开始回吻他——

她想要停止，她也知道应该停止，但是他的吻好美妙，美妙得让她难以餍足，贪婪得想要更多更多。

唔，再一秒就好了，她只要再“学”一秒，然后她就要推开他。一秒就好了，只要再一秒——

意识愈飘愈远，快感的浪潮穿透她的身体，把她抛高又拉下。她伸出双手，圈住他的颈项，娇小的身子拱起，本能地摩擦他的胸膛，甚至没有发现，浴袍的领口已经滑开。

不知经过了多久，她才从云端飘回人间，懒洋洋地睁开眼睛，娇小的身子不剩半分力气，连脑子都像是塞满糨糊。

“懂了吗？”凌云笑容可掬地问，还伸手拉拢她的衣领，遮掩她泄露的春光。

懂？懂什么？这里是什么地方？她是谁？刚刚发生了什么事？

娃娃茫然地看着他，脑子还不能正常运转。半晌之后，当理智重新开机，正式启动时，她惊喘出声，火速地坐起身子，粉脸也变得烫红。

老天！她——他——他跟她——

“你如果想练习，欢迎随时来找我，我很乐于陪你复习。”他火上加油地说道，勾住她一绺凌乱的发，亲昵地塞回她耳后，眼里还有情欲燎烧的痕迹。

“不、不用了——”娃娃双手乱摇，想起自个儿刚刚的反应，就羞得无地自容。她揪紧浴袍，手忙脚乱地跳下床，飞一般地冲回卧房，把自己锁在里头。

可惜她跑得不够快，那温柔淳厚的笑声，还是一路飘进了她耳里。

☆☆☆

巨大的钟楼被灯光照得发亮，车如流星般在街上飞奔。

伦敦的商家打烊得早，太阳才下山没多久，不止一般店家，就连百货公司的大门都已经拉下。

娃娃坐在梳妆台前，仔细地将全身上下保养了一遍。只是，当她完成最后一道程序，拿下那块保湿面膜时，心里仍觉得有些烦躁，滴溜溜的眼就是不受控制，不断往客厅瞄去。

客厅里静悄悄的，没有任何声音，时间一分一秒过去了，古董小钟的时针和分针终于转成了九十度直角。

钟响，九点整。

她忍不住站起来，走到房门口，探头探脑地察看。

客厅里空荡荡的，凌云还没回来。

她缩回小脑袋，走回梳妆台前坐好，拿起梳子一下又一下地梳着头发。

九点零五分，她又站起来，踱步到客厅，甚至还掀开那张床铺上的棉被，做最仔细的确认。

还是没回来。

她拧着弯弯的眉，慢吞吞地走回卧房，烦躁地坐在床上。她抓起床边的时尚杂志，耐着性子开始翻阅，想用五彩缤纷的流行资讯，冲淡脑子里萦绕不去的那张俊脸。

门口传来声音，像是有男人在说话。

圆亮的眼绽出光芒，她跳下床，咚咚咚地跑出去，一把就拉开大门，“总算回来了！我告诉你，我今天又抓到一个——”服务生错愕地看着她，发现她失望地垮下小脸时，还害怕地背贴着墙，像壁虎一样迅速爬开。

该死！她听错了，那不是凌云的回来的声音。

娃娃关上门，走回卧房，焦躁地在地毯上踱步。担忧像是小蚂蚁，在她的心上爬啊爬。

“怎么还没回来呢？”她喃喃自语，压下心里的担心，不断告诉自己，凌云只是她的责任，她此刻的担忧，绝对没有掺杂什么个人感情——

分针慢吞吞地前进，时间超过九点半，她终于按捺不住，跳起来换衣穿鞋，抓起随身的皮包，确认一下里头的东西，然后就三步并成两步地往外冲。

伦敦的夜晚有些微凉，她缩着脖子，抵御迎面而来的风，走过几条街道，到了哈洛斯百货的楼下。

抬头一看，果然见到九楼的窗口透出灯火。

哼，这个工作狂！

她咕哝叨念着，却还是掏出了ID卡，从安全门刷卡按下密码，让保全查验过身份，这才搭乘电梯，直达特展场地。

“宝岛小镇”的特展，明天就隆重开幕，前置作业都已经完成，场地布置得颇具东方风情，摆放着红木的鸦片床榻、酸枝太师椅、花梨木贵妃椅，以及各式各样能让英国人掏出大把钞票购买的精致家具。

娃娃走入会场，在迷宫似的展览场里绕啊绕。

“凌云？”她扬声唤道，却看不见半个人影，“喂，你在不在啊？”她走到一扇屏风后头，探头找人——

突然，会场的灯光全数熄灭，四周陷入一片漆黑。

娃娃全身紧绷起来，摆好姿势，准备应付任何突发状况。她听到身后不远处，有男人的呼吸愈靠愈近，近到那灼热的气息，吹拂到她敏感的后颈。那个男人甚至还把手搁到她肩膀上——

她以为遭受到攻击，小嘴吐出一声低咒，迅速抓住那个男人的手，深吸一口气，准备把对方摔出去。

淳厚好听的笑声，在她的身后响起，接着是她再熟悉不过的慵懒语气。

“小胖，是我。”

第七章 | Chapter 07

熟悉的气味蹿入鼻端，她紧绷的身子陡然一松。

“下次不要再这样偷偷摸摸的！”她恼怒地喊，甩开肩膀上的大手。“还有，警告你多少次了？不要再叫我小胖！”

黑暗中传来凌云的轻笑。

“你没事干吗把灯关了？”娃娃没好气地问。

“我在测试灯光。”灯光亮起，室内一片光明。凌云就站在她身旁，手里拿着遥控器，耐心地测试灯光效果。

他是那种亲力亲为的人，凡事身体力行，对每个细节都巨细靡遗，不放过任何细部。

“其他员工呢？”她左顾右盼，发现会场里静悄悄的，没有任何声音。那些忙碌赶工的人们，这会儿全都不见了。

“我放他们提早下班，回去养足精神，才能应付明天的特展。”凌云简单地说道，走到一个楠木衣柜前，确定每一盏灯光的投射，都能烘托出家具的最佳质感。

娃娃也转身走到角落，从包包里掏出一台 PDA 大小的小电脑，按了几个按键后，确认保全系统的运作正常。

这段期间，她靠着这套监视系统，逮过几个鬼鬼祟祟的家伙，他们在会场附近徘徊，但是往往稍有动作，还没造成什么破坏，就被娃娃逮住了，惊骇地被拖离现场拷问。

虽然说“收获”不少，但是得到的线索还是少得可怜，这些人的说辞，跟台湾那几个家伙一样，都是拿人钱财、替人办事，不知道雇主的真实身份。

只是，这些“小状况”，都在一间名为“沙哈”的公司爆发财务危机后，全数消失了。

那间公司经营古瓷，以及欧式家具的贩售，顾客群跟“宝岛小镇”有部分的重叠，这次也积极参与特展的竞争。据说，“沙哈”的财务危机是早就存在的，本想借由这次特展翻身，却不幸落败，输给“宝岛小镇”。

“沙哈”爆发财务危机后，在市场上引起轩然大波，负责人躲得不见踪影，不少问题跟着浮出台面，还有人指称，“沙哈”做生意的手法，本来就不正派——

娃娃大胆猜测，这次特展前的种种波折，无论是威胁信，还是那些“不够专业”的打手，大概都跟“沙哈”脱不了关系。

不过，既然幕后黑手都跑路了，危机也该是解除了。

呼，现在，就等到特展结束，她就能够回台湾了。她好想念小妈、想念练习场的沙包、想念台湾的小吃，还有张彻——

娃娃突然全身僵硬，难以置信地猛眨眼睛。她不敢相信，张彻一在她心目中的排名，竟然沦落到沙包与小吃之后。

“你不是回饭店休息了吗？怎么又跑来了？”低沉的嗓音在耳边响起，打乱她的思绪，热烫的气息拂过她的耳边。

她全身窜过一阵轻颤，不由自主地跳开两步，像是小动物察觉到危险般，本能地避开。

“我是来检查保全系统的。”她拿着小电脑，踩着高跟鞋，往下一部监视器走去。

“哦。”他语音带笑，还是亦步亦趋，跟在她身后，“你不是在担心我吗？”他问道。

轰！

热烫的温度，袭上了粉颊。直到凌云开口点破的这一瞬间，她才陡然醒悟，自个儿整晚的焦躁，其实跟特展无关，她的一颗心，就是因为看不见他，才会悬在那儿——

她担心他？她担心凌云？因为他是她的老板？或者是因为，他是这次特展的关键，还是说，他是她的“军师”？

先前的种种理由，突然之间都显得好薄弱，她无法找出理由，只觉得凌云在她心里的分量，似乎变得愈来愈重——

“怎么不说话了？”凌云声音却更温柔，贴近她的耳畔。他又逼近过来了。

她瞬间惊慌起来，推开脑子里乱哄哄的思绪，不敢去深想。

“才不是，我——”她转过身，想指责他胡说八道，谁知道才刚转身，连篇的咒骂还没说出口，高跟鞋就被一条电线勾着，她整个人重心不稳地往前扑，一头栽进他怀里。

凌云伸出手，把她接个正着。

“那么，你是来找我‘复习功课’的？”他的声音很温柔，亲密而低沉。

那好闻的男性气息充塞胸肺，叫她一阵脸红心跳，而他的问话，更让她又开始全身发软，情不自禁地回想这段时间里，他是怎么“教导”她的。

凌云不放过任何机会，巧立各种名目，教她一些稀奇古怪的吻，把她从“初级班”带往“中级班”，使出浑身解数，教导她那些荷兰吻、德国吻、西班牙吻、葡萄牙吻……她几乎把欧盟所有国家的吻法都学遍了！

这样的课程，虽然让她的吻功大有进步，但是也带来不小的后遗症。一看见凌云的唇，她就开始魂不守舍，猜测他今天要教导她的，会是哪一国的吻；看见他精壮的身躯，她就——

总之，凌云的每个吻，都能让她晕头转向。

她一直好想问，他是学过什么邪门的功夫，为什么每回他一吻她，她就会觉得全身发软，所有的力气都跑光光？

鲜明的回忆，让她有些喘不过气来，她脸烫红，两手往前一伸，用力地推开他。

“你少给我胡说八道！”她跳过“复习功课”的话题，用愤怒的表情，掩饰心里的羞窘，“我、我、我是在担心特展的事情——”

“‘沙哈’公司的负责人不是卷款潜逃了吗？还有什么需要担心的？”凌云轻声低问，金边眼镜后的黑眸，闪过盈然笑意，不着痕迹地又往她逼近一步。

她的心重重地跳了一下，连忙又伸直双手，把他推远些。

“你这个笨蛋，也不想想，对方肯花大把钞票，一而再、再而三地找你麻烦，肯定是视你为眼中钉。如今公司倒闭了，难保他们不会丧心病狂，把一切归咎到你头上——”

“原来，你真的是在担心我呢！”他柔声说道。

她好用力好用力地摇头，恨不得能够摇掉颊上的嫣红，双手开始猛推他的胸膛。

“我是不希望你被人干掉，坏了我的名声，到时候我的面子要往哪里摆啊？”别的不说，她总不能丢了“杨氏保全”

的面子吧?

“小胖，别这么凶，我会怕。”凌云被她推得连连后退，最后高大的身子已经被推到墙边，再也无路可退。

“怕？！哼！追根究底，都是因为你身手太差，我才会这么辛苦，必须从早到晚，像个保姆似的追在你后头，没看到你的人，就觉得提心吊胆！”她愈喊愈大声，完全不想收敛脾气。

他的眸子里闪烁着笑意，视线在那张气呼呼的小脸上绕了一圈，接着掉转到她肩后，扬手一挥。

“啊，阿——”

张彻一来了？！

娃娃美目一睁、全身一僵，立刻收嘴闭口，瞬间从火爆大姊头，变身成娇甜小女人，回身温柔地就是一句：

“张先生，晚——”那个“安”字还没出口，她就陡然住嘴，圆亮的眼瞪得好大。

只见会场里空荡荡的，别说是人了，就连个鬼影都没有!

该死，张彻一还远在几千公里外的台湾呢，哪里会跑到这里来？这个家伙居然敢骗她!

“抱歉，我看错了。”凌云弯唇浅笑，看起来好无辜，“我大概是太累了，一时有些眼花。”

“你——我打死你！”小女人退场，大姊头又出现了。

娃娃气得头昏眼花，握紧拳头，怒叫一声，像头被激怒的小狮子，恨不得扑上前去，一拳就把他揍得倒地不起。

凌云竟然还有话说。

“你何必伪装自己呢？何不就让他看看你的本性，说不定他会懂得欣赏你的力大无穷、你的粗鲁——”

她再也忍不住了，挥手就是一拳。“我哪有粗鲁？！”

凌云脚跟一旋，身形意外的灵巧，轻易闪过她的愤怒铁拳。她的拳收不住劲势，错过目标，误击一旁的古典立灯。

砰！

立灯应声倒下，压倒一扇绿竹屏风，屏风又倒向木柜，木柜晃了一晃也跟着倒下。只听到一阵乒乒乓乓的巨响，那一整排的家具，因为她的无敌神拳，有如玩具骨牌般，在两人眼前轰隆隆地全部倒下。

半晌后，当一切尘埃落定，凌云才挑起眉头，一手抚着下巴，若有所思地点点头。

“嗯，我说错了，你不是粗鲁，”他看着那些家具，嘴里啧啧有声地叹息，“你根本就是粗暴。”

“我、我、我才没有粗暴——”证据倒了一地，她反驳的声音不由得变小声了。为了湮灭证据，她连忙开始收拾残局，挽起袖子，把倒下的家具扶起，照着员工们先前摆放的位置，一个一个搁好。

幸好“宝岛小镇”名不虚传，家具做工扎实，地上又铺着地毯，所以除了那倒霉被正拳击中的立灯，其余家具都完好无缺。娃娃蹲在地上，考虑了一会儿，最后终于决定，要把立灯带回饭店藏起来。

她抓起立灯，扛在肩头，回身一看，却发现凌云没有动手帮忙，反倒是轻松地斜倚在贵妃椅上，似笑非笑地看着她，欣赏她忙东忙西的模样。

他高大伟岸的身躯，倚靠在椅背上，微微曲起一条长腿，一手就搁在膝头，衬衫半开着露出一抹结实的胸膛，那姿态看起来格外“撩人”。

说真的，他的模样也够好看的了。

那张俊雅的脸庞，深刻得如刀削剑凿，当他勾起薄薄的唇，笑容里就有种说不出的魅力，能让每个女人心跳加速。娃娃一时看得出神，不禁回想起，他那张好看的唇，是怎么轻啃着她、深吻着她——

噢，不行不行，不能再想下去了，她得快点“回归正途”才行！

对了，她得想想张彻一！

娃娃扭开脸，用力闭上眼睛，对抗来自贵妃椅上的强大“诱惑”，嘴里喃喃念着张彻一的名字，逼着自己去回想，那个她暗恋了多年的男人。

一等特展结束，她就要马上飞回台湾，跟张彻一好好“相处”，用她学来的法国吻、英国吻、西班牙吻跟葡萄牙吻，和他实际演练一番。

首先她会先吮着他的薄唇，轻啃他的舌，试探他的反应，再把舌探进他嘴里，然后，凌云就会——

一个又一个玫瑰色的幻想在她脑子里乱冒，她幻想的对象，竟都成了她的“指导老师”，张彻一的身影被逐渐稀释，凌云的一举一动，在她脑子里烙得好鲜明，甚至渐渐盖过了张彻一的影像。

啊，走开走开!

娃娃闭着眼睛，抓起立灯，在空中胡乱地挥舞，想把那些过度鲜明的幻想逐出脑海。

糟糕啊，她怎么可以对“练习道具”想入非非呢?

“你再继续乱挥，等一下又要把家具撞倒了。”贵妃椅上传来饱含笑意的嗓音。

她连连吸气，总算抓回一点理智，清亮的眼睁开，恼怒地瞪了他一眼，“你这个罪魁祸首，还敢坐在那里说风凉话?要是你不闪开，我哪会打到立灯？”

“我又不像阿一皮粗肉厚，你的拳那么重，我不闪行吗？”

“那才不是皮粗肉厚，是结实！”她拔高嗓音，大声嚷嚷着，为心上人辩驳。“男人就应该像他那么顶天立地、雄壮威武，才叫作男子汉啊！”她抬高下巴，警告地睨着凌云，看他敢不敢再说什么。

出乎她的意料之外的，他竟然沉默下来，连那双眼睛里的温柔，也随着消敛远去，取而代之的是深幽的光芒。

“除了张彻一之外，你真的不考虑其他男人吗？”他徐徐开口，虽然语气仍是柔和平淡，声音却有些紧绷沙哑。

“什么其他的男人？”她困惑地看着他。

这次，他沉默得更久。

半晌之后，凌云才又开口。

“如果有一个男人，能欣赏你真实的面貌，不论你是娇柔，还是凶暴，都愿意宠着你、爱着你——”

他所说的每字每句，都像针一样，刺进她的胸口。

在她的心头，有一个地方，微微地抽痛了一下，那里有个看不见的洞，用再多的化妆品都遮盖不住。

她用力地摇头，还在嘴硬，拒绝示弱。

“除了张彻一，我谁都不要！”这么多年来，她专心致志地追逐爱情，张彻一就代表着她的少女憧憬，她从没有想过，自己可能会爱上别人。

再说，不会有那样的人的，不会有的——

娃娃收紧双手，握紧立灯。

“我累了，要回去睡了，你呢？”她不想跟凌云讨论这个问题，只想尽快地逃开。

“你先回去吧，我再检查一些项目，晚点再走。”凌云的唇上保持着微笑，眼神却愈来愈阴鸷，黑眸明亮得有些不寻常，搁在膝盖上的大手，也紧握成拳头，高大的身躯更是紧绷得像欲断的弦。

她低垂着小脑袋，看着自个儿的脚尖，没有发现那双黑眸里，正燃烧着熊熊怒火。

“好吧，那我就不等你了。”娃娃转身走出特展的会场，希望夜里冷冷的风，能够吹凉她眼里的热气。

注视着那娇小的身影，踱步走入电梯后，凌云陡然扬手，挥拳揍向墙壁，一副精致的古典窗花，在他的重击之下，瞬间变得破破烂烂。

他的冷静与自制，已经被娃娃的盲目磨得一滴不剩了。

这个小女人，竟然到这个时候，还在自欺欺人！

凌云咬牙切齿，眼里的怒火愈烧愈旺，他恼怒地吐出一连串咒骂，平时斯文的模样，陡然转变为吓人的怒容，额上的青筋也抽跳不已。

这段时间以来，他用尽手段，把她留在身旁，还找出各种理由，吻得她晕头转向，甚至一再克制住自己的欲望，忍受被她那生涩却全无防备的反应，所引发的热烈疼痛。

他已经做了这么多，甚至还开口提点她，她却还是盲目得不愿意承认，甚至当着他的面，立誓她只要张彻一？！

该死！

凌云有生以来，首度尝到嫉妒的滋味。这一瞬间，他简直想冲回台湾，杀了张彻一，把好友埋进深山里头，强迫娃娃那双圆亮美丽的眸子，从此之后只能看着他。

她那柔软的身体，明明就已经承认，他们之间火花四冒的强烈吸引，好几次在缠绵的热吻之中，她口中热情的呢喃，已经泄露了与他相同的渴望，要不是他在最后关头紧急刹车，被欲望冲昏头的她，只怕早已剥了他的衣服，动手“蹂躏”他了。

看来，他还是太“君子”了些——

凌云缓缓眯起眸子，在这一刻下定决心。

该是动手的时候了！

☆☆☆

特展一如预料中成功，顾客大量涌入会场，宽阔的场地被挤得水泄不通。总部的员工们忙着接待客人，连贝理都亲自上阵，如雪花般飞来的订单，简直让大伙儿应接不暇。

娃娃在会场中穿梭，应付客人们的询问，嘴角的甜笑却愈来愈僵硬。

她的战斗直觉，敏锐地感觉到某种“不良”的视线，牢牢锁住她，追逐她的一举一动——

小脑袋警觉地左顾右盼，搜寻视线的来源，却只看到凌云正在看着她，接触她的目光时，那张俊容上，还浮现出惯常的浅笑，没有丝毫的不对劲。

紧绷的神经，因为那温和的笑容，稍微放松了些。

她朝他点点头，转身又去应付客人，但是不到一会儿，那种让她寒毛直竖的视线，又悄悄溜回她身上。

怪了，难道是会场中混入不良分子吗?

她狐疑地蹙起眉头，目光又转回凌云身上，还是只看见他的微笑。

那些歹徒们，是不是就躲在凌云的附近，所以她才会一再觉得，那些带着侵略性的视线，是从他的方向射来的?瞧他笑得那么毫无防备，要是发生了什么突发状况，肯定会被宰了!

娃娃愈来愈担忧，每隔几分钟，就要往凌云的方向看一眼，甚至开始怀疑任何接近他的客人，都是“刺客”假扮的。

为了确保凌云的安全，她当下决定，丢下那几个醉翁之意不在酒的英国人，拨开人海，直接走到他身旁，寸步不离地守着他。

大概是她的“贴身保护”起了威吓作用，让恶徒们不敢出手，首日的特展顺利结束，没有发生任何意外，凌云也安然无恙，连根发丝儿都没伤着。

倒是娃娃警戒了一整天，消耗掉不少体力，当两人离开会场时，她已经饿得前胸贴后背，急欲寻找食物填补空虚的五脏庙。

所以，当她回到饭店的房间，看见那桌丰盛的菜肴时，她简直要欢呼出声。

“啊，太好了，我快饿坏了。”她咚咚咚地跑到餐桌旁，兴奋地看着烤得软嫩多汁的牛排，忍不住探出食指，蘸取美味的酱汁，放进嘴里品尝，为那美妙的滋味发出幸福的叹息。

这孩子气的动作，让金边眼镜后的黑眸，闪烁过欲望的火焰。只是，凌云很快地敛下眼睫，俊容上的表情没有任何改变。

“我特地请饭店准备这桌料理，算是感谢你这段时间的辛劳。”他体贴地替她拉开椅子，还拿出冰桶里头，冰镇得恰到好处的葡萄酒，倾身为她斟满面前的水晶杯。

“不行，我不能喝酒。”她看着那杯美酒，颇为惋惜地摇头，小脸上满是沮丧。她谨记“杨氏保全”的规矩，在可能有危险的地方，绝对滴酒不沾。

啊，但是——但是——好可惜啊，那瓶葡萄酒看起来很好喝的样子呢！

“放心吧，饭店里有重重警卫，那些心怀不轨的人，绝对不会找到这里来。”凌云非常坚持，执意要跟她分享这瓶美酒。

他温暖的笑容，让娃娃松懈下来，她接过水晶杯，觉得肩膀上的重担消失，整个人瞬间轻松不少。

是啊，走进这扇门后，她就可以放松警戒了，毕竟这间饭店住着不少大人物，有绝佳的保全设备，楼下更有重重警卫，可说是门禁森严，在这儿是绝对不会有危险的。

“好吧，反正只是一瓶葡萄酒，喝不倒我的！”娃娃自信满满地说道，决定接受他的好意，爽快地喝干杯里的美酒。

她从小就被老爸跟哥哥们，训练出不错的酒量，哪里会将区区一瓶葡萄酒放在眼里？

凌云服务周到，随即又倾身倒酒，她的杯子从来没有空过，一直是维持着八分满的状态。而他的谈笑风生，更让她心情愉快，桌上的佳肴很快就被吞进肚子里。

倒是那一瓶葡萄酒，像是永远喝不完似的，她喝了一杯一杯又一杯，明明看见凌云也喝去不少分量，但是香醇的美酒，就是源源不绝地一直从酒瓶里倒出来。

她一直喝啊喝，喝到全身轻飘飘的，眼前的凌云从一个变成两个，又从两个变成三个，才觉得有些不对劲。

“奇怪，我的酒量很好的——”她打了个酒嗝，茫然地睁大眼睛，瞪着又被斟满的酒杯，蹙起眉头，很努力地想了一会儿。“啊，对了，我、我大概是累了——”

“是啊，你这阵子要忙着工作，又要保护我的安全，实在太辛苦了。”凌云用那种催眠的嗓音说话，黑眸从酒杯的边缘，静静瞅着她。

“别、别跟我客气——”娃娃心情好极了，又打了一个酒嗝儿，还伸出小手拍拍胸口，豪气干云地保证。“放心，有我在，谁都动不了你的！”

他搁下酒杯，悄悄踢开桌下数量众多的空酒瓶，起身绕过桌子，牵起她软绵绵的小手，一步一步地往卧房走去。

她像是一颗气球，轻飘飘地被他牵进卧房，没有任何的反抗，以为他是体贴地想让她休息。

“小胖，”直到走到床边，凌云才回过头来，柔声靠在她耳边询问，“我该怎么报答你呢？”

她看着那张好看的唇，突然觉得口干舌燥起来，脑子只剩下一个念头。

“你、你可以陪我‘练习’——”她满心期待地看着他，说出清醒的时候，绝对羞于启齿的要求。

“我很乐意。”热热的呼吸在她唇上撩拨，诱惑她张开嘴，然后下一瞬间，那张薄唇已经吻住她。

凌云顺势将她压向柔软的床铺，双手撑在她的两侧，甚至没有触摸她，只是用那张诱人的唇，缠绵地吻着她，吻得她全身像是有火在烧。

她不自觉吐出娇媚的呻吟，躺在床上的娇躯，随着他的舌尖的冲刺，从紧绷而松弛，再从松弛转为紧绷，然后陷入剧烈的颤抖。

这样的拥吻，其实早已超过“练习”的界限，只有热烈相恋的男女，才会这样亲吻爱抚彼此。

但是她的神智，早就因为酒精而昏乱，根本无法分辨两者的不同，只能顺应本能行动，在他的吻里愈陷愈深。

许久之后，凌云像是先前每一次，主动踩下刹车，结束这个吻。

“今天的‘课程’到此结束，我得回到客厅的床上去了。”他低声说道，却一反常态地动也不动，仍是躺卧在她身旁，温热的鼻息吹拂着她敏感的耳。

酒精松动娃娃薄弱的自制力，她连连摇头，小手把住那张俊脸，翻身把他压倒，把全身的重量都搁到他身上，就怕他真的跑了。

“不、不、不可以——”她抗议着，依从本能与渴望，凑上软嫩的唇，在他的唇上摩擦，“唔，我、我还要——”

“还要什么？”

“练、练习——”

不只是练习，她还要更多更多！

躺在她身下的高大身躯，稍微地挪动。

“不准动！”她霸道地命令，按住那宽阔的肩膀，笨拙地吻着他，贪婪地吮咬他的唇，从他的嘴里尝到美酒的滋味。

讨厌，他又动了，她得把他压得更牢些才行——

娃娃抬起头，跨坐在他的胸膛上，俯身用细碎的吻攻击他，一双小手也没闲着，忙着这里摸摸、那里碰碰。

凌云强而有力的心跳，震动她的耳膜，听在她的耳里，响得像是轰隆隆的雷声。

唔，不对，那不是他的心跳，而是她的心跳——

她只觉得身体愈来愈热，她是那么的渴望，渴望得几乎要感到疼痛，甚至忍不住用身体摩擦他，想减缓那种痛楚。

当凌云用拇指轻轻推开她的唇，她发出抗议的呢喃，小嘴微微张开，又想叫他乖乖躺好。要不是舍不得暂停这销魂的接触，她真想跳下床，去找条绳子把他绑起来。

“我是谁？”凌云捧住她烫红的小脸，直视那双朦胧的眼。

“嗯？什么？”

她喘息着，不想说话，只想吻他。

“我是谁？”他极有耐心地问，全身肌肉紧绷着，表情温柔却也严肃，仿佛这个问题对他来说，比性命更重要。

她努力睁大迷蒙的双眼，把小脑袋放在他的掌心，像是第一次见到他，好仔细、好仔细地看着他。

凌云静静等待着，一颗心悬在天堂与地狱之间。

半晌之后，那张清丽的小脸上，绽出好美好美的笑。“你是凌云。”她俯身又吻他，身下强健的身躯，随着那简单的四个字，变得不再紧绷。

唔，很好很好，他不再乱动了，甚至还顺从她的亲吻，乖乖地回吻她。

第八章 | Chapter 08

早晨十点整，阳光穿过厚重的云层，洒落几缕金光。

躺在床上的娃娃，懒洋洋地翻身，却咚的一声，连人带着丝被滚下床，摔趴在地毯上。

她瞬间跳了起来，眼睛还没完全睁开，就摆出防卫性动作。下一秒钟，她才稍微清醒，发觉自己没有遭受攻击，只是掉下床而已。

眼见无人来犯，她慢吞吞地爬回去，顺手抓起软绵绵的枕头，靠在小脸上磨蹭了两下。红嫩的小嘴半张，打了个呵欠，她困困地闭上眼，准备再睡个回笼觉。

一股熟悉好闻的味道，悄悄窜进鼻端，她闭着眼，忍不住把脸埋进枕头里，汲取那令人安心的味道。

啊，对了，这是凌云的味道，相处了这么久，她已经习惯他身上的气息——

埋在枕头里的红唇，往上弯成甜甜的笑。

昨晚的课程，比先前每一次都美妙，她贪婪而难以餍足，像是最认真的学生，不断地向他“讨教”。噢，要是她早点知道，那滋味是如此的美妙，她早就压倒凌云，对他——

咦，凌云？

昨晚的点点滴滴，一下子全涌进她的脑中。她想起来了！

娃娃倒抽口气，猛然蹦跳起来，睡意瞬间跑光光。她这下才发现，自个儿全身赤裸，只裹着那件薄薄的丝被，原本穿在身上的衣物，全部都失踪了。

昨夜那个性感赤裸、躺在她身下、任她蹂躏的男人，这会儿已经不见踪影。但是凌乱的床单、双腿之间陌生的微疼，以及那飘浮在空气中淡淡的麝香味，却在提醒了她，昨晚是干了什么好事！

天啊！

娃娃伸手捂住到嘴的尖叫，双颊泛红，两眼瞪得老大，简直不敢相信，自己怎么会做出这种事！

她、她她她她她——她竟然对凌云用强的！

没错，她是承诺，要当他的贴身保镖，但是——但是——也不能“贴”到这种程度啊！

娃娃坐在床上，咬着棉被反省。

噢，她真可耻！

昨天晚上，凌云丝毫没有反抗，是那么的“逆来顺受”。中途的时候，他似乎想起身离开，但她却压倒他，还威胁他不得反抗，结果他就真的停止挣扎，顺从了她。

他是不是以为，一旦反抗，就会被她痛揍一顿？啊，他甚至吓得连名字都忘了！

娃娃愈想愈是羞愧难当。

这样算是性侵害吗？凌云会不会从此以后，就对女人有了心理障碍？

她烦恼地跳下床，走进浴缸里，放了一缸子的热水。玫瑰的芬芳不再能安抚她，她的脑子乱成一团，羞愧得好想沉进浴缸里，咕噜噜地把自个儿淹死。

她试着不去多想，但是新闻报道里头，那些遭受性侵害女子的痛苦告白，在她脑海里反复重播，让她愈想愈是羞愧。

虽然人家都说，男人比较不在乎这个。但是，他是被一个女人用强耶，要是他真的留下心理创伤，那怎么办？

直到浴水慢慢变凉，她才愁眉苦脸地爬出浴缸，找了件衣服穿上，还翻出皮包，从夹层里慎重地摸出一张珍藏多年的照片。

她走到客厅，坐在沙发上，默默看着那张照片。

这是她高中时偷偷买来的，照片里的张彻一，满身汗水淋漓地站在庭院里冲凉，结实的身躯脱得只剩一条内裤，性感而狂野，这张照片“流传”广泛，当年几乎是人手一张，每个高中少女都抢着买回家珍藏。

娃娃盯着照片看了许久，脑子里却还是想着凌云。

唉，那个可怜的男人，根本就是无辜的啊，他好意地提议，要为她做“重点指导”，虽然平常工作时略有荼毒她的嫌疑，但是严格说起来，凌云其实是一个不可多得的好男人，不但俊帅且又多金，虽然身材没有张彻一那么粗勇，但也是结实好看，尤其是他的吻、他的手、他的——

噢，老天，她简直像是女色情狂！

嫣红的色泽染满粉颊，她连忙用力摇头，想把那些激情的画面甩出脑海。

无论如何，要是凌云真的因此有了心理障碍，她肯定会良心不安，就算是真的能嫁给张彻一，她也会愧疚一辈子。

终于，她决定了！

小女子敢做敢当，她做错事情，就得收拾善后。既然她对凌云用强了，就得为他负责，在这种情况下，她势必得放弃张彻一了。

娃娃咬咬下唇，开始对照片喃喃自语。

“对不起，我不能嫁给你了，我、我、我把凌云给——给——”她的脸又红了，心里充满歉意，惋惜的情绪居然只占了一小部分。“抱歉，我不能救你脱离那个坏女人，但是，如果哪天她做了什么恶劣的事，我一定会为你讨回公道的——”

“为谁讨回公道？”

乍听到这句，她吓了一跳，连忙回头，只见贝理走进房来，身后还跟着两个仆人，排场还是讲究得很。

“你怎么会在这里？”她不答反问。

贝理耸耸肩膀，伸手弹指，仆人连忙拿着手绢，在沙发上轻挥几下，这才恭敬地请他坐下。

“是凌云要我来接你的。”他很坚持要用那不太标准的中文说话，“那是张彻一吧？”他眼尖地瞧见照片里的人影，多嘴地问了一句。

娃娃眨了眨眼。

“你认识他吗？”

“熟得很。”他微笑，“我们是合伙人，他来过英国几次，都是住在我家里。”

“那——那你见过他的未婚妻吗？”虽然已经决定弃权，但是她却还是忍不住想问。

“未婚妻？”贝理一脸疑惑，“他订婚了？我怎么不知道？”

“你不知道？”娃娃呆了一呆，有些怀疑地看着他，“你真的和他很熟吗？他明明订婚了啊！”

“你怀疑我？”贝理用手按压住心口，摆出一副大受侮辱的模样。

为了证明自己所言不虚，也为了问出真相，他挥手又是一个弹指，让仆人送上手机，亲自拨了电话，找当事人求证。

“我是贝理。”他开门见山地问，“你订婚了吗？怎么——”

话还没问完，一阵咆哮就从手机里传了出来。

“他妈的，那些女人都是祸水，老子又不是疯了，怎么可能订婚？”中英文夹杂的咒骂，轰得贝理的耳朵差点聋了，连旁边的人都听得一清二楚。“我忙得要死，你不要拿这种问题来烦我！”跟着又是一串脏话，然后电话被挂断，只剩下断线后单调的嘟嘟声。

被骂得臭头的贝理，慢吞吞地收起手机，无辜地看着她。

“看吧，他的脾气火爆又差劲，之前每次都把女人吓跑，怎么可能会有人敢嫁他！”

娃娃只觉得一阵天旋地转。

她暗恋张彻一多年，当然晓得他的个性。那个男人敢做敢当、直来直往，连谎话都懒得说，既然他说没有订婚，那就绝对是没有。

那么，为什么她接收到的讯息，会是他已经有个论及婚嫁、娇艳美丽，却只是贪图他钱财的恶劣未婚妻？

贝理看着那张失魂落魄的小脸，好奇地发问：“到底是谁告诉你，说他已经订婚的？”

这句话点醒了她！

是凌云！这一切是凌云告诉她的！是他告诉她，张彻一有个恶劣的未婚妻；是他告诉她，张彻一喜欢火辣娇媚的成熟美女；是他告诉她，她这生嫩的模样，根本不合张彻一的胃口；是他告诉她，她必须好好“练习”——

轰！

事实像是旱天响雷，轰然打中她。

福尔摩斯说，当一切的可能都被推翻，唯一的不可能，就会是答案。

金田一说，一切的谜底都解开了。

而她杨娃娃则说——

那个该死的王八羔子骗了她！

想当初，凌云开口说要帮助她时，她仿佛看见他头上浮着一轮光圈，而背后有着圣洁的翅膀。如今，光圈褪了色，翅膀也从纯洁的白色，转为邪恶的黑色。

“啊！”娃娃放声尖叫，抓起眼前的桌子，猛然往墙壁上砸。她像酷斯拉般暴走，在房内喷火发飙，用尽所知道的脏话，诅咒那个男人。

仆人们迅速趴下，就地寻找掩护，贝理则是躲在沙发后头，瑟瑟发抖，不明白自己说错了什么，竟然让漂亮的小女人再度“变身”了。

砰！

连沙发也被扛去撞墙了，没有掩蔽物的贝理，被怒发冲冠的娃娃抓出来。

“那个该死的王八蛋人在哪里？”她咬牙切齿地问。

“谁谁谁——谁啊？”他吓得魂不附体，连声音都在发抖。

娃娃一脚踏上他的肩头，揪起他的领带，对着他的脸吼叫，“还有谁？当然是那个不要脸的凌云！”

排山倒海的怒火，把贝理轰烧得焦头烂额，他不敢迟疑，立刻说出好友的下落。

“他在展览会场的接待室里。”

☆☆☆

哈洛斯百货里，聚集了不少商贾名流。

原本优雅缓慢的人群，突然间起了一阵骚动，一个娇小的东方女人抓狂地冲进人群里，直奔特展的会场。

保全们认出娃娃，看见她脸色不对，正想上前来询问，谁晓得她气昏了头，任何胆敢靠近她的保全人员，全都被她用利落的过肩摔，重重地摔了出去。

那些惊慌的富商们，见她如此勇猛，早就纷纷躲避开来，如摩西过红海般，自动让出一条康庄大道，让她顺利通过，一路直奔特展的接待室。

砰！

她杀气腾腾，一脚踹开接待室的大门。

“凌云，你这王八蛋——”她火冒三丈地破口大骂，看见目标，扑上去就是一拳，“受死吧你！”

“小胖？”凌云反射性伸手，挡住她的拳头。

她又踹出一脚。

“不准叫我小胖！你这个卑鄙的、无耻的——的——”

凌云托着她的拳，退开数步远离桌边，就怕她气愤过头，会抓起坐在一旁，正在商讨订购商品的公爵也往墙上摔，引发国际问题。他闪过她踢来的脚，另一手再接住她挥来的另一拳，然后将她两手反剪在后，牢牢钳制在怀中。

“你是怎么了？”他柔声问道。

“怎么回事？你还有胆问我是怎么回事？你这个大骗子！”娃娃迅速而凶猛地往他两腿间的要害踹去，谁知道攻势竟被硬生生地挡下，整个人更被抵到了墙边。

凌云光用一只脚，就将她的两腿压制得死死的，她完全无法动弹。

这男人竟能轻易制伏她？他不是个怕痛的软脚虾吗？怎么可能一晃眼就将她压到了墙边？

轰轰轰！

脑中连续劈下几个响雷，轰得她无法呼吸。

“你——”她杏眼瞪得更大，瞬间醒悟过来，更加怒不可遏，气愤地咆哮出声，“你会武！你这该死的骗子，放开我——”

“我从来没说过我不会。”凌云伸手抚上她的脸颊，眼里眉梢都是笑意，“这顶多只能说是知情不报，怎能算得上是骗子？”

娃娃倒抽口气，龇牙咧嘴地就想咬他，却被他机警地闪过。

“你到底在气什么？昨晚的事吗？”他俯身靠在她耳畔，轻咬她耳畔的一绺发，“我以为，昨晚上吃亏的人是我。”

“你——”咬不到他又打不着他，她气得哇哇直吼，“张彻一根本没订婚，哪里来的未婚妻？说什么要帮我做‘重点加强’，结果你你你——你从头到尾，根本就是在玩弄我！”

闻言，凌云笑容一敛，眼神冷了下来。

“我没有。”

“什么没有？你敢说你没骗我？”她气愤难平地质问。

“没错，我是骗了你。”他黑眸一眯，深吸一口气，“但是，我并没有玩弄你。”

“没有？！”怒火烧得她的头发都快着火了，她大声吼叫，

“那你这些日子以来，那些不断占我便宜、胡说八道的教导又算是什么？”

凌云回答得脸不红气不喘。

“让你认清事实的诱惑。”

娃娃当场傻眼，震惊于他的厚颜无耻，甚至忘了要挣扎。

他松开她的手，轻捏住她的下巴，俯身低首，缓缓地靠近她，近到几乎能碰到她的唇，“小胖，你并不是爱慕张彻一，你只是崇拜他比你厉害，如此而已。”

“才、才不是——”她反驳着，却因为凌云的靠近，又想起昨夜的种种，小脸上的嫣红色泽又加深了些许，却不以然是因为愤怒。

凌云注视着她，斩钉截铁地开口。

“他根本不适合你，你也不适合他。”

她火大地回过神来，伸手将他推开，恼羞成怒地抗议，“谁说我只是崇拜他？！我花了九年的时间，变成现在这个样子，就算要再花九年，才能变成他喜欢的样子我也愿意！”

金边眼镜后的黑眸，迸射出火光。

“你不会有另外一个九年的！”凌云额冒青筋，咬牙眯眼，努力克制想伸手摇晃她那颗笨脑袋的欲望。

“为什么？”

见他说得如此断定，娃娃气恼不甘地反问。

凌云瞪着她，彻底被这冥顽不灵的小女人打败。他重重地叹了一口气，知道要是不把事实搁在她眼前，她是永远不会开窍的。

“因为，我不会把你让给张彻一。”他注视着她，把话说得清楚又明白。

“啥？”她还是不懂。

凌云又叹了一口气，口吻无奈地告诉她，“我喜欢你。”

他喜欢她，喜欢她的全部，喜欢她的娇柔、喜欢她的粗暴、喜欢她的力大无穷、喜欢她的——

娃娃的反应，是赏他当胸一记正直拳。

“骗子！”她不相信！

她不相信他喜欢她，这个男人只是骗她，又在耍弄着她，一定是的——

“这样欺骗我、玩弄我很好玩，是不是？你这个不要脸的王八蛋、大骗子！走开、走开——”她气得全身发抖，一阵热气涌入眼眶，泪水从她内心深处的那个洞，哗啦啦地流出来。

娃娃用力推他，他却不动如山，她沉溺在自己的伤心里，泪水更是模糊了她的眼睛，她没有发现他突然脸色惨白，像是她刚刚说出口的话，比那些无敌铁拳的杀伤力更强。

“小胖——”

“住口！”她怒叫着，猛力一推，甩开他伸出的双手，“我这辈子都不想再看到你——”她吼完就扭身往外冲。

凌云握紧双拳，高大的身躯有些摇摇欲坠，她的眼泪刺得他胸口发疼，一时没有反应过来，居然让她冲出接待室。

“该死！”他咒骂一声，举步跟着追了出去，没想到她早就踹倒一切障碍物，快如闪电地冲下楼，娇小的身子瞬间就失去踪影。

“喂，你要去哪里？公爵还在等你签约啊！”贝理上气不接下气地追来，抓住凌云的手臂，低头直喘气。

还好公爵吓得腿软，没办法逃走，不然这桩大生意肯定就飞了。

“放手！”凌云低咆，环顾熙来攘往的街道，心急地搜寻她的身影，黑眸中充满焦虑，平日的冷静早已荡然无存。

“别找了，她在伦敦没认识多少人，还能去哪里？肯定是回饭店去了。”见凌云一副想揍人的模样，贝理连忙松手。

他掉头转身，就要往饭店冲去。

“等等、等等，你会花这么多工夫，肯定是想娶她吧？但是，总要留着一条命在，才能当新郎啊！依她的暴力倾向，你现在追去等于是白白送死。”为了顾全大局，贝理冒着生命危险，顾不得什么贵族的面子，跳上前就抓住快步奔走的凌云，整个人就这么被凌云拖着往前走。

凌云在情感上素来冷淡如水，既然他会处心积虑，大费周章地布下天罗地网，只为让那小女人上钩，可见她对他有多么重要。

“我叫你放手！”

“不、不放！”贝理连连吸气，努力劝说，祈祷能把冷静塞回凌云的脑袋里。“你现在说什么，她都听不进去的，不如先让她消消气，等晚上展览结束，再向她慢慢解释。”他抬起头，泪眼汪汪地看着那张发黑的俊脸。“再说，不只是公爵，会场里还有不少客户等着签约，你这么一走，岂不是要毁掉大伙儿连日来的心血吗？”

凌云怒瞪着他，终于停下脚步，虽然情感上仍因娃娃的眼泪而慌乱，理智上却也晓得，贝理说得有理。经过娃娃这么一闹场，会场肯定人心惶惶，要是连他也失去踪影，势必对公司造成无法弥补的损失，与生俱来的强烈责任感，让他无法一走了之。

半晌之后，他握紧双拳，强迫自己冷静下来。

“回去。”凌云简单地说道，决心晚些再对她解释。她肯定会怒叫、会发飙、会翻脸、会扛着家具乱摔，但是他会用尽一切办法，劝服她听进他的心意——

他深吸一口气，最后看了饭店的方向一眼，这才转身朝会场走去。

第九章 | Chapter 09

阳光耀眼，海水湛蓝，海浪拍打在沙滩上，激起雪白的浪花。

海滩上矗立着一排小型别墅，许多都市人到这里买下临海的房子，作为假日休闲之用，欣赏美丽的海景，享受宜人的海风。

其中一栋别墅，设计得格外不同，除了宽阔的房间外，还有宽敞明亮的练习场，里头摆满了各类健身器材，屋顶的中央，还悬着一个大大的沙包。

“骗子！”一下狠绝的侧踢重击，把沙包踹得晃动不已。

娃娃咬紧牙关，抓狂地痛揍沙包，发泄心中的愤怒与沮丧。强劲的海风吹进室内，拂过她汗水淋漓的肌肤，她却全然不觉得冷，更不觉得累，只是盲目地捶打沙包。

“该死的家伙！”高分贝的吼叫又传出练习场，垂吊着沙包的绳索，禁不起她连续几日的摧残，已经岌岌可危。

拆穿了凌云的骗局后，她并没有留在伦敦，给他任何机会解释，而是在第一时间拿了护照，就直奔机场，红着眼眶搭上第一班飞机返回台湾，连行李都搁在饭店里没有收拾。

回来之后，她避开家人们的关心，独自躲在这栋爸妈几年前买下的别墅里。她吃不下也睡不着，只是每天没头没脑地练拳，眼眶始终红通通的，软嫩的唇不曾再微笑过。

她不只是气愤凌云的欺骗，更是气愤自己的愚蠢。

可恶可恶可恶！为什么她明明就知道，他只是玩弄她，心里却还忘不了他？他的身影在她心上烙得那么深，根本无法抹灭。

可恶！

她连声咒骂着，又重重踹了沙包一脚，悬吊的绳索应声又断了一股。

回来这么多天，她每晚都会梦见那张俊容，梦见他的微笑、他的注视、他的温柔以及他说喜欢她时的表情。她清楚地记得，那一瞬间，她像是得到了全世界的幸福，心里充满着好多好多的快乐——

真正让她落荒而逃的原因，是她因为那句谎言突然醒悟，自己竟对这个男人——

“噢！该死！”娃娃心烦意乱，再次挥出无敌铁拳，不敢再想下去。

最后一股绳也断了，沙包终于不堪蹂躏，砰的一声飞了出去，里头的木屑掉得到处都是，沙包在空中划出一道抛物线，落在练习场的门口。

门口不知何时已站满了人，除了忠孝仁爱四兄弟，就连那个让她想念得心神不宁的男人，竟然也赫然在场。

是凌云！

她脸色发白地看着他，还以为自己是在做梦。

“小妹，这个家伙说要找你。”忠国观察她的表情，大手在她眼前挥了挥，希望能唤回她的神智。

“来来来，告诉我，他是不是那个惹你哭的人？”爱国卷起袖子，一副准备揍人的模样。

仁国挥拳，赏了四弟一颗爆栗。

“小妈说过，不能动他一根寒毛！”

“哎啊，小妈又不在这里，我偷偷揍他不行吗？”他揉着脑袋怪叫着，就是看这个相貌斯文的男人不顺眼。

几个小时之前，凌云闯进杨家，坚持要见娃娃一面。几个大男人立刻猜到，他跟小妹这几日的闷闷不乐脱不了关系，也没问清来龙去脉，就挥舞着拳头迎上前，是小妈及时开口，才阻止了一场大战。

在杨家男人的怒目瞪视中，小妈跟凌云促膝长谈，最后下了指示，要四兄弟送凌云到海边别墅，让他跟娃娃当面谈谈。

忠孝仁爱心不甘情不愿地带着凌云过来，一瞧见小妹那失魂落魄的表情，再度确定了先前的猜测。

室内有好半晌的时间，静得只剩下娃娃愈来愈急促的呼吸。

“你来这里做什么？”她大声质问，漠视心里的狂喜，反复提醒自己，凌云只是个骗子。他不是真正喜欢她，不是的——

直到看见那张俊容，她才晓得自个儿有多么思念他。有那么一瞬间，她几乎想扑上去拥抱他。

噢，她完蛋了，她居然对这个骗子动情了！

“来找你把话说清楚。”凌云大步朝她走来，无惧于她凶恶的表情，金边眼镜后的黑眸里跳跃着火焰，饥渴地吞噬着她的身影。

“你又想来玩弄我？”娃娃怒叫一声，起脚就是一个侧踢。

他早有准备，上半身向左微倾，用右手挡掉这一踢。“我说过了，我不是在玩弄你！”

“骗子！”她重心不变，随即对他的侧腹和头部发动一记二段式旋踢。

凌云的反应灵敏，往后跳开，接连避开威力十足的两次攻击。

她更是愤怒，放下左脚，旋身一记右后踢，没想到这招最得意的必杀技，居然也被他轻易闪过。

“你什么时候练过拳法的？”

“高中以前。”凌云接下她的所有攻击，小心地控制力道，没有伤到她分毫。

他小时候练过武术，却只是用来强身健体，从未用来逞凶斗狠，除了家人以及亲近的好友之外，没有人知道他的身手一流。

这个隐瞒多年的秘密，却让娃娃怒吼一声，气恼得连连挥拳，使出更密集的攻击。

可恶！他明明就是披着羊皮的狼，竟然瞒着她这么多事，不但骗了她的吻、骗了她的身子，甚至还欺骗她，说喜欢她——

热气涌进眼眶里，她努力想把那些水雾眨掉，继续挥拳，眼泪却沿着粉颊，滴滴答答地掉下来，落在她的拳上、落在榻榻米上，也落在凌云的身上。

看见那些泪水，凌云猛然一凛，高大的身躯陡然震动。他黑眸一黯，停下闪躲的脚步，甚至放开防卫的姿势，用血肉之躯接下她的重拳。

雷霆万钧的拳胡乱地落在他的肩上、胸上，他紧抿着唇，握紧双手，既不回避也不反抗，就这么站在原地，任由她胡乱地打着。

站在场边的忠孝仁爱，全都看得冷汗直流，一反先前想揍凌云的态度，反倒开始为他担心，考虑是不是该先打电话叫救护车。

娃娃一边喘息一边掉泪，打得双手酸痛，指关节发疼，却发现他不动如山，只是凝目望着她，眉宇间没有半分戏谑，而是再认真不过的专注炙热。

“你干吗不闪开？”她的声音因为哭泣而颤抖着。

“我欺骗你，的确是我的不对。要是这样能够让你出气，你就尽量打吧！”他柔声说道，深深注视着她，单掌握住她停下的拳头，又往胸膛上搁。

这不公平！当他用那种表情注视她时，她就算是再愤怒、再铁石心肠，只怕也下不了手。

瞬间，她悲哀地知道，自己永远打不倒这个男人。藏在她心里的情愫，让她根本舍不得痛下杀手。

“滚开！”她哭叫着，想甩开他的手。

“除非我死。”凌云回答得很干脆，顺势把她拉入怀中。

那温热的男性气息扑面而来，她哭着挣扎，全身的力气却消失殆尽。她无力反抗，只能软绵绵地靠在他的胸上。

“你就不能够放过我吗？”她泪眼汪汪地问。

“不能。”他温柔又蛮横地抱着她，下巴搁在她的小脑袋上，感受到她藏在内在的脆弱，只觉得一阵的心疼。“小胖，难道你心里没有我吗？”

“没有！”

娃娃用力地摇头，眼泪乱飞，就是不肯看他。只是小脑袋才晃了没几下，她的脸就被捧住，热烫的薄唇盖上她，吞咽了她口是心非的回答。

他用舌尖戳破她的谎言，先勾动着她轻颤的唇瓣，再轻啃着她的柔软，诱哄她诚实的身子，只用几秒的时间，就让她忘了一切，伸出小手圈着他的颈，全心全意地回吻他。

半晌之后，他才结束这个吻，拇指轻抚着她微肿的红唇。

“小胖，听我说。”他笔直地看进她的眼里，“我想要你、想娶你、想跟你共度一生，不然在伦敦那一晚，我不会诱惑你对我为所欲为。”

在某方面来说，他还是个老式的男人，有着老式的观念，最亲昵的男女欢愉，他这一生只想跟一个女人共享。

她又哭出来了，抽抽噎噎地捶着他，力道却轻了很多。

“你在这里——”

“是的，我在这里。”

“那特展呢？”她问出心中的疑问。

“我让向刚去主持了。”就因为紧急调向刚去伦敦坐镇，他才会延迟回国，让彼此都多煎熬了数日。

这简单的回答，让娃娃心里陡然亮起一丝光亮。她知道凌云的责任心有多重，工作就跟他的命一样重要，如果他只是想玩弄她，就不会扔下特展，远渡重洋地回来找她。

这么说来，凌云是真的有一点点在乎她的喽？甚至是像他所说的，是——是——是喜欢她的？

其实，她心里也清楚，自个儿已经爱上他，但是她还是好忐忑，没有勇气去确认，就怕自己又要从天堂摔进地狱。

在无敌强悍的外表下，她的心其实敏感细致，甚至是懦弱自卑的——

“小胖，我喜欢你。”凌云叹了一口气，吻着她的发，看出她的动摇与胆怯。

“不，不只是喜欢，我爱你。”他不再隐瞒她任何事情，真心诚意地告白。

泪水涌进眼眶，她低下头，克制着不去看他，怕看他一眼，就会掉下示弱的眼泪。

低沉温柔的声音，在她脑袋上方响起。

“你不相信我会喜欢你、会爱上你吗？”

“你爱我什么地方？”她反问。

“你的全部。”他再度捧起那张小脸，强迫她看着他，不允许她躲避，那眼神严肃却也温柔，“你的娇柔、你的粗鲁、你的可爱、你醒时的模样、睡时的姿态——”

全部？！他爱她的“全部”？

这句话带着神奇的魔力，悄悄地流进她心里的那个洞。她揪紧小手下的男性衬衫，难以置信地瞪大眼，表情既期待又怕受伤害。

他眼里看到的，是真实的、百分之百的她，而他非但没有吓跑，反倒还爱上她吗？

“你是什么时候爱上我的？是在‘宝岛小镇’见到我的时候，还是每天逼我加班的时候，或者是在我们去了英国以后？”她详细地追问，心里还有好多不相信，急着想要问出一切细节交叉佐证，证明他所言不虚。

“可能是九年前。”凌云苦笑着，看着那张惊喜交集的小脸，“我看过你写给阿一的那封信。”

“你偷看我的信？”她愕然，顺手赏给他一拳，惩罚他的恶劣，力道却小小的，跟抚摩差不了多少。

凌云点点头。

当年妹妹凌珑把信交给他，要他转交，但他太了解张彻一对爱慕者的态度，这封情书要是交出去，肯定会被直接扔进垃圾桶。刚好，他也不是什么正人君子，为了不浪费她的苦心，索性就拆开来欣赏。

“当初，我才刚对你感到兴趣，你就消失了，我甚至来不及告诉你，你信里的用词有多可爱。”他轻声细语，又在她微张的唇上印下一吻。

这么多年来，他一直记得那双圆亮的眼，当初见到她时，她的眼里蓄满了泪，让他看得很是心疼。再见到她的时候，他一眼就认出来了，她的外貌或许改变了，但是那双眼没变。

凌云的回答，解开了娃娃的心结。如果一个男人不是对一个女人真心，怎么会惦记了九年之久？

一千万朵玫瑰花，同时在她心头绽放，她心上的那个大洞，瞬间都被填补了。她泪流满面，低泣一声，主动扑入他的怀里，紧紧抱住他。

“嘘，别哭了。”他拥抱着她，把那张泪湿的小脸贴在胸膛上。

“好——”

“小胖，嫁给我。”

“好——”

“我们明天就去公证结婚。”

“好——”

直到两人误会冰释、互诉情衷后，在一旁看戏看得目瞪口呆的忠孝仁爱，才有机会举手发问。

“为所欲为？”杨孝国举起手，很礼貌地开口发问，“我可以请问一下，那是什么意思？”

“她把我吃了。”凌云又吻吻她的头发，才转头看向四个大舅子，非常干脆地承认。

四个大男人瞪大眼睛，纷纷怪叫出声。

“这家伙要当我们的妹婿耶！”

“难怪小妈不许我们动他。”

爱国更是一脸崇拜，频频拱手。

“啊，值得佩服、值得佩服。”这个男人居然有本事把小妹拐上手呢！那不是跟“驯兽”差不多吗？

“这下子你不想嫁他都不行了，既然人都被吃了，爸妈肯定不会坐视不管的。”

几个哥哥交相插嘴，室内的浪漫气氛一扫而空，反倒变得吵闹不已。

娃娃把脸埋在凌云胸口，难得地觉得害羞不已。她张开嘴，正想叫哥哥们闭嘴滚蛋，却突然发现，一个高大沉默的男人，始终冷着一张脸，不耐烦地站在一旁。

“事情解决了吧？”张彻一冷冷地问，懒得看他们卿卿我我。

“啊！”娃娃轻叫一声，脸泛红，直到这时才发现他也在场。

“我找他来当我们公证结婚的证人。”凌云将那张红润润的小脸转回来，不让她的视线有机会飘向一旁，“你都要嫁给我了，不许再看着别的男人脸红。”他认真地告诉她。

“噢——”她垂下眼，揉着他胸膛上被泪水浸湿的布料，“这只是习惯动作，就像是看到偶像明星，也会忍不住兴奋尖叫——”

她还没能解释清楚，一声轰然巨响却震动了整栋屋子，一辆吉普车居然撞开墙壁，笔直地冲了进来。

几个人的运动神经本就高人一等，遇上这种突发状况，全都在瞬间反应过来，利落地跳出敞开的落地窗，及时从练习场退至临海的庭院。

吉普车撞进屋内，陡然刹车停住，两个男人连招呼也不打一声，就掏出机关枪，朝着众人就是一阵扫射。

看来还真的被她说中了，那个卷款潜逃的“沙哈”公司的负责人，没有因为特展开幕而死心，而是砸下更多钞票，改为聘雇杀手，一路追到这里来，就是要置凌云于死地。

娃娃动作奇快，回身扑向凌云与张彻一。

“小心，快趴下！”她大声警告着，双掌一推，先将两人推出视线，再就地一个翻滚，躲开了扫射，迅速找到庭院里的假山大石当掩护。

忠孝仁爱四兄弟抢攻上去，不让两个杀手有回身扫射的机会，两人一组的扑上前，迅速抢下了武器，将他们扯下车来，跟着就是一阵拳打脚踢。

“他妈的，两个不知好歹的笨蛋，竟敢到杨家来作怪，简直就是找死！”

“靠！老子上礼拜才刚换了新的榻榻米，你们竟然敢把车子开上来！”

“啊，我的兰花，妈的！我花了两年半才养出这一盆，两年半耶！你一枪就给我毁了！”

娃娃躲在假山后头，看见危机已过，立刻火冒三丈地冲过来，大喝一声。

“统统给我让开！”

被扁得不成人形的两个杀手，还没能搞清楚四只猛狮为何停手，一阵更加猛烈的拳脚和咒骂就连环直击而来。

“浑蛋，你们哪天不好挑，竟然挑这天来搞破坏？他正在跟我求婚哪！”娃娃下脚狠毒，专挑男人两腿间的重点部位踹。

忠孝仁爱四人眼见小妹如此凶残，全都瑟瑟颤抖，忍不住伸手护住自身的要害。

“够了，小胖，他们都昏了，再踹要出人命了。”爱国实在看不下去了。

“不准叫我小胖！”

娃娃抬头一吼，用力再踹下一脚。

“呃，好好好，”他连忙改口，“娃娃，你就饶他们一命吧！”

呜呜，差别待遇啦，那个斯文男人叫她小胖，就不见她有半点反抗——咦，等等，那个斯文男人怎么不见了呢？

“怪了，那两个男人呢？”仁国也发现不对劲。

娃娃这才停下动作，回头一看，果然身后空无一人，凌云跟张彻一早已不见踪影。

她脑海里的记忆迅速倒带，只记得在千钧一发之际，自己用尽全力地将他们推倒——

惨了！

庭院的后方，根本是一片汪洋大海啊！

她慌张地冲过去，趴在草坪边缘探头探脑，果然看见那两个被她推落下海的男人，正在一片碧波中浮沉着。

只迟疑了一秒，她就纵身跃下海中，如海中蛟龙般游向那个快灭顶的男人。

海水冰冷，她迅速破浪前进，来到男人身后，从后方圈住他，揽住他沉重的身躯，艰难地爬回岸上，然后让他平躺下来。

男人上岸后依然昏迷不醒，她想也没想，伸出双手搁在他的胸口，一下又一下地按压，直接对他施行心肺复苏术。只是，这一连串流畅的动作，却在她俯下小脸，准备施以人工呼吸时，陡然停顿下来。

面对张彻一那张黝黑的脸庞，她跪在自个儿的脚跟上，愣愣地看着他发呆。

这一次，她有最光明正大的理由，可以去“染指”张彻一，但是她心里却没有任何欲望，压根儿不想去吻他，甚至就连急救的必要接触，都让她迟疑不已。

娃娃终于明白，她的心老早被另外一个男人占领，那个男人爱着她的粗鲁、爱着她的娇柔、爱着她的力大无穷、爱着她的全部。

还好自己的“追夫”计划没有成功，要是张彻一真的被她“拐”到，愿意娶她为妻，那肯定将是一场灾难，她会永远失去真实的自己——

一只长臂伸来，拦腰将她捞起来。

“啊！”娃娃低叫一声，正想偎进那熟悉的胸膛中，回身一看，却发现凌云脸色铁青，黑眸里跳燃着熊熊怒火。

“你想做什么？”他咬牙切齿地问，冷静的细胞，在看见她揽住张彻一往岸上游的瞬间，全都咻咻咻地消失不见了。

“呃，替他做人工呼吸——”

“不、需、要！”凌云妒火中烧，斯文尽失，抬脚就朝张彻一厚实的胸膛踩了两脚。

昏迷中的男人，猛然呛咳起来，吐出了海水，在好友的粗暴对待下清醒过来。

凌云瞧都不瞧他一眼，径自把娃娃拖到一旁，双手啪的一声，拍住她小脑袋两侧的墙壁，用高大的身躯把她困在墙角。

“你、你怎么了？”她瞪大了眼，仰起小脸望着他。

有生以来，她从来没有怕过任何东西，但是眼前的凌云可是真的吓到她了。

“你！你居然先救张彻一？！”他的表情近乎野蛮，黑眸闪亮得像是地狱里的火炬，一手钳着她的下巴，一手紧握着她的腰侧，怒不可遏地破口大骂。

“我——我我我我我——那那那——那是因为——”她眨着乌溜溜的大眼，被他难得的戾色吓着，连话也说不好，“他他他他——他不会游泳啊——”

刚刚在岸边，她一眼就看见，凌云在海里也是身手利落，张彻一却载浮载沉，几乎快要灭顶，她见义勇为的本能接管一切，想也不想地就跳下去，抢着把快溺死的张彻一拖上岸。

尖锐的抽气声响起，凌云紧眯起眼睛，看着眼前那张无措的小脸。

虽然他知道她说得没错，也晓得她的心是属于他的。但是他的理智上能接受，情感上却受不了，一看见她触摸张彻一，他就嫉妒得快要疯狂。

看来，为了避免夜长梦多，他不能等到明天，必须立刻扛着她去法院，马上立刻娶她为妻。

见他满脸的恼怒，娃娃不知道为何，心里泛过一丝甜甜暖暖的热流。她瞧着那张铁青的俊脸，心中灵光乍现，不由得睁大了眼，红唇上扬，笑得像只刚吞了一碗奶油的小猫。

“你笑什么？”

“吃醋。”她甜笑着，软软地偎进他怀里，确定这个男人是真的爱她，“你在吃醋，对不对？”

“对，我吃醋！”他坦白地承认，俯身就封住那张红唇，把她吻得透不过气来。

几分钟之后，当凌云稍微离开她的唇，让她能够喘息时，她已经晕头转向，只能软绵绵地倒在他怀里。

“下次记得先救我，知道吗？”他抵着她的额头，深情地注视着那双朦胧的眼。

“好。”娃娃揽着他的肩头，再把他拉下来，不许他离开太久。“再吻我。”她要求着，用红唇厮磨着他的薄唇。

凌云勾起嘴角，重新吻上她的水漾红唇，顺从她的索吻要求。

海风吹啊吹，身旁传来其他人的声音，她却根本不想理会，只是专心地窝在他怀里，用他所教过她的所有方式，热情洋溢地吻着他。

她要好好地、好好地吻他，用这个吻弥补这几日来的相思煎熬。然后，等到这个吻结束，她就要带着他回家，正式介绍给爸妈——

她要告诉小妈，她已经找到今生真正的挚爱了。

——全书完

编注：

1.有关向荣与欧阳欣欣的爱情故事，请看采花系列205《欣欣向荣》。

2.有关向刚与凌珑的爱情故事，请看采花系列221《裙摆摇摇》。

3.有关张彻一与纪书眉的爱情故事，请看采花系列248《相思饭团》。

“宝岛小镇”系列　　　　　　典心

今年的夏天是出奇的热！

新闻上报道，欧洲惨遭热浪席卷，那些生长在温带、寒带国家，春夏秋冬都习惯穿着大衣走来走去的外国人，全都被热得汗流浃背，英国的电视上，还出现史上第一则促销电风扇的广告。

啊，原来，英国人以前没看过电风扇吗？

真好奇耶，那么，他们也没看过大同宝宝喽？

炎炎夏日，阿心仔也在家里滚来滚去，汲取地板上的冰凉，熨暖了一区的瓷砖，就以蠕动的方式往下一区前进。等家中的地砖，都被温得热热的，再也没有地方可以躺的时候，胖鲸鱼只能拿出游泳圈、牵出脚踏车，直奔最近的游泳池。

游泳池里人满为患，胖鲸鱼找啊找，好不容易才找出一小块水域，可以下水游泳。只是，才刚扑通跳进去，浸不到十秒钟，阿心仔立刻就哭着爬起来了——

你们知道吗，游泳池里的水，居然是温的！

冰凉的池水，老早被太阳的温度烧得烫烫的，泡在里头，就跟洗热水澡一样，不但不能消暑，反倒只是被逼出一身汗，肥肥的鲸鱼肉马上被烫成三分熟。

呜呜，这实在太悲惨了，难道天地之大，就没有胖鲸鱼容身纳凉之处？

为了消暑，胖鲸鱼拨通电话，厚着脸皮找上珍珠丸。说起这位朋友，家境富裕，不但吃香喝辣，穿戴都是名牌。最让胖鲸鱼“哈”得快流口水的，是她家里还有一个私人游泳池。

想想看，私人的游泳池耶！可以自己独占一整个游泳池，还有什么事比这个更享受的吗？

经过一番哈啦后，阿心仔很“委婉”地请问，可不可以去“参观”她家的游泳池。

“你想游泳啊？”珍珠丸问。

“是啊是啊！”

“好啊，欢迎你来玩。”

噢，珍珠丸啊珍珠丸，你简直是天使啊！

获得主人的同意后，胖鲸鱼拿着游泳圈，以及三只塑胶黄色小鸭，直冲珍珠丸的家。原本以为，可以在打完招呼后，就直接跳进游泳池玩水，哪里知道，珍珠丸却拿出一根刷子，微笑要胖鲸鱼握住——然后，她居然要我拿着刷子，去清理游泳池里那层厚厚的青苔！

这个残忍的打击，让胖鲸鱼跌进失望的旋涡中。

太恶劣了！你这是诈欺啦！人家是要来游泳，不是要来做劳动服务的，呜呜呜呜——

☆☆☆

照例，要来谈谈这本《无敌洋娃娃》。

根据小辣椒的说法，先前那位一直维持着斯文形象，“看起来”像个标准好好先生的凌老板，他才是真正最ㄍㄧㄥ的人！

娃娃还会偶尔“破功”，他却始终带着温柔的微笑欺骗世人，不但工于心计，而且ㄍㄧㄥ得比娃娃还厉害，所以他跟娃娃才是天生一对啊，嘿嘿。

另外为了感谢旧雨新知的支持，这本《无敌洋娃娃》随书附赠精致的信笺书，为了与先前的《财神妻》笔记本区别，信笺书是以欧风为设计走向。狗屋出版社的周边，总让胖鲸鱼爱不释手，相信这次的赠品，仍旧会让读者们满意的。

当初，胖鲸鱼曾把书名跟内容，高兴地告诉大姊大大（前辈中的前辈、美女中的美女，提及名字需空一格），她建议干脆再来写一本《无敌铁金刚》。

铁金刚？那该要写谁？难道是娃娃的那四位哥哥吗？嗯，这个嘛，请先让我去多吃些美食，补充能量之后，再来好好考虑吧！

对了，自从在《裙摆摇摇》里现身后，娃娃就受到读者们的热烈期待，不少人好奇，大姊头在这几年之内，是怎么从“雄壮威武”变得“纤细娇小”的。

其实啊，老话一句，这世界上只有懒女人，没有丑女人。

女人，如果下定决心，想要变得美丽，那就没有任何人、任何事可以阻止。所以啦，各位女性同胞们，大家一起努力吧！

不过，在此要特别告诉读者们，想要减肥，唯有配合节食与运动，双管齐下才可以收到效果，千万不要借助不明药物，或是奇奇怪怪的偏方，最好是能够配合营养师的指示，循序渐进地减下来。

要是用错方法，赔上健康，不但得不偿失，也没办法美丽得“天下无敌”，更没办法在周年庆时，跟着其他娘子军去抢折扣品了，对吧？

记得，要漂亮得很健康哦！

☆☆☆

这段时间，一直听到有人追问，向柔的故事为啥突然蒸发了？

耶，我本来也以为，今年之内就会写到向家的掌上明珠，不过考虑过后，还是决定把她压回箱底。阿心仔没有说不写啦，只是请各位读者们稍微有点耐心，等到以后，胖鲸鱼把她的故事想得完整一些时，再让她出场吧！

读者们都很聪明，阿心仔只是在书中略提一笔，大伙儿就看得出她跟万年留级生有一腿——呃，不，是有关联——这让我很讶异呢！

这个系列刚开始时，并没有决定系列名，最初的念头，只是想写一个关于台湾中部小镇的故事。系列名是后来，由读者 mint 建议，干脆就以“福尔摩沙”当作系列名，在此特别谢过。

关于“福尔摩沙”这间公司，原本呢，只是想在《裙摆摇摇》里点到为止，后来又忍不住手痒，才会愈写愈庞大。

“福尔摩沙”取材于某间公司，阿心仔把某些发展环节套入书中，不过基于剧情需要，已有大幅度更改，要是有读者还能从蛛丝马迹中，猜出“福尔摩沙”的原型，那胖鲸鱼就太太太太太佩服了。

至于这四个字，是当初荷兰人来到台湾岛时的赞叹，翻译过来，应该是“美丽之岛”。

全世界被荷兰人称为“福尔摩沙”的小岛，据说为数不少（真不负责任啊！），只是胖鲸鱼对这四个字，很是情有独钟，在这个系列里，写进不少左邻右舍们的“丰功伟业”。曾有读者，看完阿心仔的描述后，激动地表示，如果身旁真有这种热情过头的搞笑邻居，绝对要连夜搬走，免得遭受“照顾”。

唉，我实在很担心，要是事情曝光，被镇上的人发现，我拿他们来乱做文章，整个镇上被我写得好像没有正常人，阿心仔的下场，绝对是被大伙儿两人三脚地踹倒在地上。

总之，热情的邻居们，会继续热情下去，至于他们会怎么照顾向柔跟万年留级生，就留到以后再细说分明了。

最后呢，趁着这个机会预告一下，新系列即将登场，接下来要写的，是古代的故事，系列名是“龙门客栈”。至于书名跟内容嘛，嘿嘿，请容胖鲸鱼先卖个关子喽！大家“咕得掰”啦！

Ps：这个“福尔摩沙”系列拖稿拖得很严重，每次都拖累不少人。唉，怎么回事呢？每回都觉得很抱歉，但是每回也还是拖稿了。

后记

哈啰，大家好。

能以简体版实体书跟大家见面，心情仍旧是激动的。

2015 年正式授权的五本简体版实体书，是我写作生涯的重要里程碑之一。经过这么多年，被盗版、盗刷侵蚀剥削后，简体实体书还能发行，是大家一起努力的成果。

许多读者会认识我、喜爱我，是因为盗版，现在有了正版，请大家多多支持哦！喜爱作者，请给予真正的支持，这样我才能持续制作出精致的简体正版，让大家好好收藏。

《无敌洋娃娃》写在 2003 年 9 月，（呜啊，时间过得好快啊）那时天气非常的热，热到阿心仔都听得到自己脑浆干涸到滋滋叫的声音。那个夏天发生许多事，包括被盗名、被抄袭，抄袭官司如火如荼地进行，终于最后以对方登报道歉、和解结束。

我是一个执着的作者，抄袭一定追究到底，虽然过程辛苦，但是总觉得如果我轻易放过抄袭者，那么抄袭者也还会抄袭别人的作品，那还不如我多花时间处理，剔除出版界的一个害虫。

盗名、抄袭都只是一时，认真写作经营自己才是正道，我很庆幸自己的坚持，才有机会能以简体正版书跟大家见面。坚持虽然是辛苦的，但是总会有美好成果来临的一日。

☆☆☆

杨娃娃是我很喜欢的一个女主角，为了追求爱情，努力改变自己，包括进行有如炼狱修行一般的减肥。有几位读者告诉我，看了这本书后，下定决心减肥，其中一个靠毅力减了三十公斤，身体因此变得健康。

我看到这几封简讯时，都忍不住哭了。

没有想到，自己的故事可以影响读者这么深。没有想到，自己的故事可以真正带给人幸福。这对一个作者来说，是多大的感动。

所以，姊妹们让我们一起加油，好好的爱惜自己，追求健康，之后再寻觅爱情，希望大家都幸福。

☆☆☆

这本《无敌洋娃娃》出版后，在台湾也遇到抄袭（天啊，我受够了！），打官司旷日废时，但还是坚持讨回公道，事件还上了报纸。

其实，我更想炫耀的是，当初《无敌洋娃娃》初版时，有赠送超级美丽的笔记本，而且很厚哦！我至今舍不得拿出来使用。

我是一个热爱周边的作者，而且周边也要做得美美的。不知道何时有机会在简体版做美丽的周边呢？大家一起期待吧！

爱你们哦——飞吻 ing

“咕得掰”！

版权登记号：01-2016-4028

图书在版编目（CIP）数据

无敌洋娃娃 / 典心著 . —北京：现代出版社，2017.1
ISBN 978-7-5143-5014-2

Ⅰ. ①无… Ⅱ. ①典… Ⅲ. ①言情小说—中国—当代
Ⅳ. ① I247.5

中国版本图书馆 CIP 数据核字（2016）第 238546 号

无敌洋娃娃

作　者	典　心
责任编辑	袁子茵
出版发行	现代出版社
通讯地址	北京市安定门外安华里 504 号
邮政编码	100011
电　话	010-64267325　64245264（传真）
网　址	www.1980xd.com
电子邮箱	xiandai@vip.sina.com
印　刷	三河市南阳印刷有限公司
开　本	890mm × 1240mm　1/32
印　张	6.25
版　次	2017 年 1 月第 1 版　2017 年 1 月第 1 次印刷
书　号	ISBN 978-7-5143-5014-2
定　价	27.00 元